CLAUDIA TAJES

Dez (quase) amores

www.lpm.com.br

L&PM POCKET

Coleção **L&PM** POCKET, vol. 698

Texto de acordo com a nova ortografia

Este livro foi publicado em primeira edição pela L&PM Editores em outubro de 2000
Primeira edição na Coleção **L&PM** POCKET: maio de 2008
Esta edição: setembro de 2014

Capa: Ivan Pinheiro Machado sobre ilustração de Bebel Callage
Revisão: Jó Saldanha e Renato Deitos

CIP-Brasil. Catalogação na Fonte
Sindicato Nacional dos Editores de Livros, RJ

T141d
2.ed.

Tajes, Claudia, 1963-
Dez (quase) amores / Claudia Tajes. – 2.ed. – Porto Alegre, RS: L&PM, 2014.
128p. : – (Coleção L&PM POCKET; v.698)

ISBN 978-85-254-1773-2

1. Conto brasileiro. I. Título. II. Série.

08-1634. CDD: 869.93
CDU: 821.134.3(81)-3

Rua Comendador Coruja, 314, loja 9 – Floresta – 90.220-180
Porto Alegre – RS – Brasil / Fone: 51.3225.5777 – Fax: 51.3221.5380

Pedidos & Depto. Comercial: vendas@lpm.com.br
Fale conosco: info@lpm.com.br
www.lpm.com.br

Impresso na Gráfica e Editora Pallotti, Santa Maria, RS, Brasil
Primavera de 2014

Eu passaria a minha vida inteira achando que o amor é para sempre se não fosse o Eduardo L. Ah, Eduardo L., o garoto mais bonito da 5ª série. Muito mais baixo que eu, é verdade. E narigudo. E meio gordinho. Mas eu era completamente apaixonada por ele.

Um dia, sem nenhuma carícia preliminar, o Eduardo L. olhou para mim e disse que estava me namorando. A partir daí não lembro de nada, só de um saquinho vazio onde ele soprou alguns beijos para me dar de presente. E de descobrir que o Eduardo L. namorava no paralelo também a Márcia S. e a Abigail F. G., que já usava sutiã.

Naquele dia eu não chorei, como não ia chorar nas outras milhares de vezes em que tudo se repetiria. E enquanto as minhas amigas cortavam os pulsos por um Paulinho qualquer, eu tratava de viver cada Gilberto como se fosse o último.

E é disso que fala este livro, de alguns Carlos, vários Antônios, quem sabe um Marcos, talvez um Felipe. Uns que foram um meu capítulo, outros que não passaram de um prefácio. Nem sempre interessantíssimo.

Amores que viraram histórias.

Histórias que viraram amores.

Ou quase.

Quase amor 1

No início eu sou jovem o bastante para ter certeza de tudo, principalmente que jamais vou olhar para alguém chamado Vanderley ou Dejair.

No sábado, como sempre, saio com a mesma roupa e as mesmas amigas para outra festa igual a todas. Sei que logo estarei dançando com o cara mais gordo ou o que se apresentar com mais espinhas, dois recordes que consigo manter sem nenhum esforço.

O Rogerinho da turma 2B, aquele conhecido por Baleia Assassina, o Rogerinho famoso por nunca conseguir mulher, parece disposto a quebrar a maldição hoje. Pior: comigo. Pelo jeito, antes o Rogerinho vai quebrar todos os meus ossos, me espremendo como agora contra uma parede. Felizmente alguém para sorrindo ao meu lado. Tenho miopia desde os nove anos, mas você não quer que eu esteja de óculos aos dezesseis, num sábado à noite. Sem enxergar se conheço o indivíduo ou não, mas vendo nele a possibilidade de escapar do Rogerinho com vida, sorrio também. O ser pergunta meu nome e se apresenta.

– Prazer, Bejair.

No instante seguinte eu reviso mentalmente todas as minhas convicções morais, éticas e espirituais e considero que este nome não se enquadra na categoria dos proibidos. Até porque nunca havia me passado pela cabeça que existisse um nome assim, Bejair.

Então me vejo com Bejair no portão da casa. Ele conta que o avô tem um avião, que a família planta alguma coisa que eu esqueci em uma cidade que eu não lembro, que está no segundo ano do colegial e quer ser engenheiro, que usa bombacha nos finais de semana.

É um sensível, penso eu, embriagada pelo hálito de cachorrinho-folhado dele. Bejair tenta me beijar, eu acho meio cabalístico, mas não deixo. Trocamos os telefones e antes de dormir eu ainda encho o rosto de creme Nívea, caso vá precisar de uma pele macia nos próximos dias.

2

– É o Bejair para você.

Tento ignorar a ironia sutil na voz da minha mãe. Ensaio rapidamente como vou atender.

– Oi, Beja, tudo legal?

– Daí, Bejair, que que manda?

– Fala, Bebê!

Finalmente me decido pelo clássico.

– Alô, Bejair, que surpresa!

Ele me convida para ir ao cinema. Se eu aceitar, será a primeira vez que faço isso com alguém do outro sexo. Dizer com um homem seria um pouco precipitado da minha parte.

Aceito. Minha mãe deixa. Às quatro da tarde do outro dia, encontro Bejair na frente do cinema. Ele escolhe o filme, uma versão da Branca de Neve com a mulata Adele Fátima, o tchan que deu origem à série.

O filme é um pornô familiar com sete anões tarados e a mulata de neve querendo dar para eles o tempo inteiro. Emocionado com o roteiro, Bejair pega a minha mão. Eu deixo. Bejair beija a minha mão. Eu deixo. Bejair quebra o meu pescoço, vira a minha cabeça na direção dele, enfia a língua pela minha boca e me dá o que, alguns homens mais tarde, eu descobriria ser um beijo.

Não sei como o filme terminou. Bejair e eu pegamos o ônibus para voltar, um sem coragem de olhar para o outro. No portão, Bejair pergunta se pode repetir a experiência. Realmente, aquilo parecia mais uma experiência que um beijo. Eu deixo.

Entro em casa e olho tudo diferente. Minhas irmãs me parecem infantis demais, agora que eu já sei beijar. Não tenho fome, mas de qualquer jeito a louça do jantar é minha. Acabo comendo uma montanha de pão e antes de dormir ainda penso que não passei o creme Nívea e posso precisar da minha pele macia amanhã.

3

Bejair não liga.

4

Bejair não manda um telegrama.

5

Colo cartazes com a foto do Bejair pela cidade.

6

O sábado chega, como sempre. Minha mãe, que cismou de me achar muito quieta de uns dias para cá, compra uma blusa nova para eu usar com a mesma saia e as mesmas amigas na festinha da noite. Estou dançando com um gordo cheio de espinhas quando a dona da casa fala que um amigo dela quer me conhecer. Peço licença ao gordo e um magro com uma violenta crise de acne se apresenta para mim.

– Prazer, Vanderley.

7

Fim.

Quase amor 2

Estou na faculdade. Faço jornalismo na universidade federal e quero ser correspondente de guerra como 99,99% dos meus colegas.

O primeiro dia de aula ainda nem terminou e eu já fui cooptada para a luta armada. Dei sorte: amanhã começa uma greve de estudantes contra o aumento no restaurante universitário. O almoço vai passar de dois dinheiros para dois dinheiros e trinta centavos e nós, estudantes, não podemos pagar por mais este ato do imperialismo.

Pretendo passar a minha vida acadêmica inteira sem chegar perto daquela comida, mas entro em greve por solidariedade. Solidarnosc, como diz meu novo button com o logotipo do sindicato do Lech Valesa. (Novas gerações, favor não confundir com a Vodka Valeska).

Chego em casa e o meu pai fala horas sobre a decadência da política estudantil. No tempo dele os universitários pararam pelo petróleo, agora é pelo bandejão. Concordo com tudo, mas continuo de cadernos cruzados.

Minha vida se resume a ir até a faculdade e ficar lá o dia inteiro, sem fazer nada, só ouvindo alguém berrar Caminhando e Cantando ao violão. Às vezes me chamam para fazer piquete na frente do restaurante e é absolutamente constrangedor explicar para os coitados que querem almoçar lá que por trinta centavos eles estão colocando em risco a democracia do ensino. Para não dizer a do país.

No saguão da faculdade de direito, onde os estudantes se concentram, logo começa a troca de olhares entre companheiros e companheiras.

Desde o primeiro dia da greve tenho notado um certo interesse por parte de um tipo moreno, magro e com uma espécie de tique que o faz tremer todo. Ele dá tanta bandeira que eu acabo arriscando umas olhadas. Afinal estou ali sem fazer nada mesmo, só ouvindo alguém grunhir Vento Negro no bongô.

No fim de mais uma tarde em que a repressão infelizmente não veio para nos levar, sento no chão gelado para ler algum texto leve do Trotsky em corpo quatro. Então ouço.

– Você é bem bonita.

2

Em um segundo radiografo completamente o cidadão.

Não é feio, mas parece meio maltratado. Ainda não sei dizer a idade, com certeza tem bem mais que os meus dezoito. Usa o figurino básico da época: calça encardida com uma faixa peruana como cinto, camiseta Hay que Endurecer e alpargatas. O cabelo é escuro com alguns fios brancos. Tem uma bolsa de pano atravessada e alguns livros perdendo a capa na mão.

Agradeço pelo você é bem bonita e fico na minha. O tipo diz que vem me observando há alguns dias, como se não soubesse que eu sei. Pergunto o nome, é Reginaldo. Tento me imaginar dizendo Reginaldo, meu amor. Vou ter que treinar muito.

No fim do dia já sei que ele integra uma organização estudantil, que faz mestrado em sociologia, que seu único dinheiro vem de uma bolsa de estudos de algum órgão de pesquisa estatal e que, mesmo assim, quer derrubar o governo.

A essas alturas já estou apaixonada. Me vejo velhinha ao lado de Reginaldo, na nossa casinha nos confins da periferia (ele é da extrema esquerda), com nossos inúmeros filhos, netos e vira-latas pulando ao redor.

Vou embora pensando nele.

3

Encontro Reginaldo na faculdade de direito. Vamos tomar um café enquanto ele lê a *Folha de São Paulo*. Reginaldo fala pouco hoje, está mais interessado numa reportagem sobre o Fagner. Temo que ele possa gostar também do Zé Ramalho.

Quando termina de ler, Reginaldo diz que tem uma revelação para me fazer. Preparo a minha cara de receber declarações de amor, mas o que ele me conta é que está em campanha para arrecadar dinheiro para a luta estudantil.

Reginaldo diz que eu devo contribuir por amor à causa e não a ele. Sou obrigada a confessar que não tenho um centavo, mas Reginaldo aceita também joias e obras de arte. Minha única joia é uma correntinha de ouro com o meu nome, que ganhei quando fiz quinze anos. Reginaldo diz que eu só posso doar se realmente acreditar no que estou fazendo. Acredito que vai dar a maior confusão se a minha mãe descobrir, mas acabo doando a correntinha. Reginaldo anota meu nome em um caderninho e vamos juntos para a faculdade de direito.

A tarde sem fazer nada nunca passou tão depressa. Começa a anoitecer e Reginaldo me acompanha até a parada do ônibus. É neste lugar tão encantadoramente proletário que damos nosso primeiro beijo.

Combino de encontrar Reginaldo no apartamento dele amanhã.

4

Estaciono o carro do meu pai a muitas quadras para Reginaldo não achar que eu sou burguesa. Caminho por lugares ermos e sombrios que nunca iria conhecer, não fosse o amor. A cada esquina agradeço a Deus por não estar morta e estuprada, o que ocorrer primeiro. Já vi ruas melhores, penso quando finalmente chego. O prédio dele também já viveu dias mais gloriosos. As paredes estão descascadas, os vidros quebrados e a porta parece sofrer de arrombamento crônico.

Toco a campainha. Subo as escadas correndo para não dar tempo de voltar. A porta do apartamento está aberta e Reginaldo parado ali, me olhando.

Eu esperava encontrar um pardieiro, e encontro. Ando pela sala com móveis velhos e feios, faço que me espanto com a pia cheia de louça podre, até no banheiro eu vou, mas não chego nem perto daquele vaso mijado por um homem que eu não sei direito quem é.

Reginaldo me chama no quarto. O abajur espalha uma luz fraca. Vejo muitos livros, uma escrivaninha, algumas roupas dobradas em cima de uma cadeira e, como não poderia deixar de ser, um colchão direto no chão. Deito com ele. Agora estamos conversando sobre a organização, a vida de Reginaldo e a minha, nessa ordem. Ele fala de política tentando subir o meu vestido. Reginaldo não sabe, nem vai saber, que eu nunca estive com um companheiro antes.

Naquele colchão imundo, mais uma vez o proletariado (ele) e a pequena burguesia (eu) estão frente a frente. Ou um em cima do outro. Ou um na frente; outro atrás. É mais um embate que um namoro. Canso de resistir. Fecho os olhos e espero.

Um dia isso teria mesmo que me acontecer.

5

A editora achou melhor poupar o leitor dos detalhes mais sórdidos. Basta contar que eu ainda estou com a sensação de ter sido colhida por uma tombadeira quando a campainha toca. Reginaldo levanta se vestindo e diz que deve ser a namorada dele. Pulo daquele colchão, recomponho minha roupa e voo pela escada. Quase derrubo uma mulher que vai entrando.

Muito antes da Monica Lewinsky arrumar aquela confusão toda por causa de um vestido manchado, ando pela rua com um imenso molhado na saia. Parece que o mundo inteiro sabe o que é aquilo.

Chego finalmente ao carro e só então posso pensar no que aconteceu. Transei, acho. Está doendo, tenho certeza. Minhas pernas estão grudando, nojo. Preciso de um banho, rápido. Tudo isso eu imaginava, menos que ele tivesse uma namorada.

Vou direto do chuveiro para a cama. A família engole bem a minha dor de cabeça. Quero reconstituir a cena do crime, mas só me vêm fragmentos. Meu primeiro pau eu vi muito vagamente, tive vergonha de ficar olhando. Também não sei exatamente em que momento eu dei. Pela dor, Reginaldo deve ter passado horas e horas tentando.

Durmo um sono meio febril, daqueles em que a gente acha que ainda está acordada. No outro dia não vou à faculdade. Faço coisas como arrumar o guarda-roupa, ir ao supermercado para a minha mãe, dar banho no cachorro, devo estar querendo voltar à infância. No terceiro dia Reginaldo telefona.

Marco com ele à tarde no bar da filosofia.

6

A mulher que eu vi e que também me viu se chama Rejane. Eles namoram há muito tempo, vieram juntos do interior para fazer o vestibular e ficaram morando no apartamento que os pais dela têm aqui. Só que os velhos nunca aceitaram Reginaldo. Quando vinham visitar a filha, Reginaldo precisava esconder as coisas dele e sumir por alguns dias. As roupas dava para camuflar em algum armário, problema era desaparecer com os sapatos 42. Um dia Reginaldo cansou daquela situação e foi morar no apartamento em que eu estive. Mas o namoro continuou firme.

Ele diz que não me contou porque até então achava que eu seria mais uma garotinha que ele ia comer e tchau. Fala que agora não pensa mais assim, que está muito envolvido, até desculpas pede.

Nem por um momento eu acredito que vou ficar com aquele Romeu dos pobres no final. Mas continuo indo ao apartamento dele quase todos os dias. Sempre que vou lá nós transamos. E sempre me parece que Reginaldo está se divertindo muito mais do que eu.

A greve que deu origem a toda esta história termina com a comida do restaurante universitário trinta centavos mais cara. E assim voltamos todos para as salas de aula, com exceção de Reginaldo, que continua ocupado com a resistência.

Acabo entrando para a tal organização dele e agora estou sempre em convenções e plenárias. Tenho até um codinome, Elisa. Uma das minhas tarefas é vender o jornal da militância, quatro exemplares por semana. Na primeira vez empurro um para a minha mãe, um para o meu pai e compro os outros dois. Depois passo a comprar todos os quatro, sem coragem de oferecer um jornal tão chato para alguém. Satisfeito com tanta eficiência, Reginaldo aumenta a minha cota para oito jornais por semana.

Deixo a organização para não pedir concordata.

7

Os companheiros pressionam, mas nem o Kmer Vermelho me recapturaria. Reginaldo insinua que eu sou stalinista, mas continua querendo me comer. Um dia eu marco e não apareço. Ele liga, eu não atendo. Fico sumida por quase uma semana, até que Reginaldo vai me procurar na faculdade. Sentamos no bar para ele debater comigo temas políticos, sociais e amorosos, nessa ordem. Quero escutar mas estou longe, cada vez mais longe da luta e do apartamento dele. Alguém ao meu lado começa a urrar Volver a los Diecisiete nas maracas.

8

Fim.

Quase amor 3

Continuo na faculdade, um tempo que parece eterno no cinema americano e na vida.

Trabalho em um jornal de bairro e acabo de cobrir uma emocionante sessão na câmara dos vereadores em homenagem ao dia do escoteiro.

Final de tarde, tento pegar um ônibus que me tire do centro lotado da cidade. Neste horário, o c.p.e. (coeficiente de pobres que entram) está altíssimo. Compro uma revista e fico esperando que o c.p.d. (coeficiente de pobres que descem) aumente um pouco, para não morrer tão jovem sufocada no transporte coletivo.

Um colega que conheço de vista deve estar usando a mesma tática que eu, não tem jeito dele sair da fila. Acho que quer assunto, mas me faço de muito interessada na leitura.

Sabia que ia acontecer. O cara bate no meu ombro e pergunta se eu não lembro dele. Digo que sim e resignadamente guardo a revista bem no meio do teste Você é Sedutora? Ele me conta que pinta e está quase inaugurando uma exposição. Começo a gostar de verdade daquele papo. Começo a gostar mais de verdade ainda dele. Resolvemos matar a aula e jantar em um restaurante árabe baratinho ali perto.

O nome do cidadão é Henrique. Meio arak depois, já sei que é o homem da minha vida.

2

Em casa começam a desconfiar que tem alguém novo na área. Nunca me viram sair tão arrumada para uma aula de paginação.

Encontro Henrique todas as noites e sempre saímos juntos da faculdade. Às vezes vamos a algum show alternativo, em outras comemos um sanduíche natural. Os tempos de paz e amor vão longe, menos para os estudantes de jornalismo. Nós não temos culpa de ter nascido depois do sonho acabar.

Meu namoro com Henrique é daqueles de andar abraçados na rua, beijar em qualquer escurinho e só. O mais longe que ele já se atreveu a ir comigo foi até a zona sul, onde eu moro.

Mas hoje não tenho nenhuma vontade de ir embora. Esperando o táxi que vai nos separar, tenho a brilhante ideia de ligar para minha mãe dizendo que vou dormir no apartamento de uma amiga. Minto com Henrique abraçado em mim. Ele mora com uma tia no outro lado da cidade, uma velha senhora que por sorte está no interior, visitando a filha. Entramos na casa com cheiro de bolo e perfume de talco, uma verdadeira casa de tia.

Henrique dá a maior prova de amor que já tive: oferece a escova de dentes dele. Fico comovida e só não aceito de medo que a tia também pegue carona naquela escova. Deitamos na mesma cama pela primeira vez. A noite passa inteira sem ninguém notar, até que o despertador toca às sete da manhã.

3

Como é inevitável nestes casos, Henrique vai jantar na minha casa para conhecer o sogro. Na frente do meu pai, morro de vergonha de chegar muito perto de Henrique. Acabo passando mais tempo ao lado da lasanha no forno que do meu namorado.

Depois de arrumar a cozinha, preciso arrumar um jeito de sair com Henrique sem chamar muito a atenção. E rápido, se possível. Meu pai, que não se mostrou muito amistoso, agora implica com qualquer coisa que Henrique diga. Hora de planejar a retirada.

Quando meu pai finalmente vai deitar, não sem antes perguntar se a visita não está com sono, invento uma desculpa furada e saio com Henrique. Ele deve estar no processo de indigestão da minha família. Caminha quieto, olhando para o nada. Só fala muito mais tarde, quando eu já nem lembrava do silêncio dele.

– Velho cavalo.

4

Acabo de ser demitida do jornal de bairro. O editor disse que eu enfeito demais as matérias e os assinantes querem veracidade total. Duvido que algum leitor se interesse pela posse do novo presidente do clube dos diretores lojistas se eu não der uma pequena ajuda para a matéria. Nada que possa ser enquadrado na lei de imprensa, só a descrição do figurino das convidadas, pessoas dormindo durante o discurso, a piada contada baixinho e uma gargalhada fora de hora. De nada adiantam meus argumentos. Como nunca tive mesa ali, não tenho nem gaveta para esvaziar. Saio como se não tivesse entrado.

Preciso contar para Henrique. Ele ia pintar com uma colega em um estúdio afastado, não me disse bem onde é. Conto com o meu faro de repórter desempregada para encontrar.

Só pode ser aqui, nesta garagem meio abandonada. Melhor não ir entrando assim, vou bater para não bancar a inconveniente. Estranho, não atendem. De repente fica tudo silencioso lá dentro. Devo mesmo ter errado o lugar. Volto para casa querendo chorar a cada solavanco do caminho.

Provavelmente eu vá morrer sem achar a menor graça na vida como ela é.

5

Final de semestre, Henrique e eu vamos para Garopaba juntos. Ele compra uma barraca para duas pessoas, uma que parece um iglu, só que escaldante. Rodoviária lotada, embarcamos no ônibus com a felicidade de quem entra no Eugênio C.

Cinco da manhã, noite fechada, o ônibus nos deixa na frente de um bar. É o fim da viagem e o começo da busca para encontrar um camping, montar a barraca e não dormir apesar do sono, porque a temperatura dentro do iglu deve beirar os 200 graus celsius.

Os dias são todos iguais quando se está de férias na praia. Sempre o tempo está feio quando se acorda. Sempre se toma toddynho com sanduíche de mortadela. E sempre se toma um torrão no primeiro dia, o que impede de ver o sol nos próximos dois ou três.

Neste momento, estamos vegetando em uma sombra perto do iglu, mas deveríamos estar na unidade de queimados. Henrique está bem pior e eu caminho penosamente atrás de água e gelo para aliviar a dor dele. O que mais chama a atenção é o pé de Henrique, mais parecido com um pão incandescente. Vermelho e inchado, o pé atrai a curiosidade dos outros campistas. Agora mesmo meu namorado expulsou três crianças que pediram para mexer na aberração.

Com queimadura e tudo, incluindo chuvas de alagar o saco de dormir, nunca tive férias melhores. Sou completamente apaixonada por Henrique. Eu, tão moça, encontrei o amor da minha vida e morri para todos os homens do mundo, penso enquanto dou uma segunda olhada para o surfista que disse uma bobagem quando eu passei.

6

Consegui emprego no *Pão Nosso*, o jornal do sindicato dos padeiros. Notícias quentinhas como se tivessem saído do forno agora. Henrique está pintando as últimas telas para a exposição daqui a duas semanas. As aulas recomeçam e a humanidade continua caminhando como pode.

A família de Henrique mora no interior e sábado é dia de visita. A mesa já está pronta quando chegamos. Tem uns três bolos diferentes, biscoitinhos de todos os tipos, geleias e doces. A mãe dele deveria ser autuada pelos vigilantes do peso.

Cozinhar bem demais é o defeito da Dona Cloé. À noite ela, que é viúva, sai com as meninas, como chama as amigas, e deixa a casa para nós. Henrique acende a lareira, abre um vinho e toca um Prince no volume mil. O cachorro da família, Pitoquim, corpo de pastor alemão com pernas de bassê, fica latindo e uivando no volume dois mil.

Sem querer remexer na intimidade dos outros, é preciso falar algumas palavras sobre Pitoquim. Apesar da aparência rústica, o cachorro-anão é homossexual. Foi pego em flagrante pelo irmão do Henrique com um poodle da vizinhança. O poodle fazendo o serviço nele. A família aceitou a opção do cachorro, mas Dona Cloé não abandona o sonho de um dia segurar nos braços os filhotes de Pitoquim, de preferência que ele não seja a mãe.

Toda família tem os seus dramas.

7

Vernissage do Henrique e, para variar, eu não tenho roupa. O Pão Nosso não está sendo repartido, até hoje não recebi um centavo. Sou obrigada a improvisar com o que tenho, um vestido conhecido de outros eventos e um casaco tão acostumado a sair que já vai sozinho aos lugares.

Rosane Collor ainda não existe, o que me dá direito ao título de primeira-dama mais malvestida da história. Fico me comparando com as outras mulheres e não empato nem com a que serve os salgadinhos. É a noite de glória de Henrique. Ocupado em receber tantos convidados, ele não pode me dar atenção. Ocupada em disfaçar minha toilette modesta, arranjo um canto qualquer e não me mexo muito dali. Um amigo de Henrique que eu só conheço de vista estaciona do meu lado. É um cara alto, com uma cabeça pequena demais para o seu tamanho. Ele anda sempre de terno e chapéu, mesmo naquele antro de bárbaros que é a faculdade. Uma figura muito estranha, que agora se revela agradável e delicada enquanto conversa comigo.

Ou é impressão minha, ou o amigo do meu namorado está me olhando demais. Augusto, este é o nome do sujeito, fala segurando a minha mão e se curva todo para ficar cara a cara comigo. Não pode ser uma atração fatal e repentina, não na festa do Henrique, nem com a roupa que eu estou usando.

Era.

Augusto se oferece para me levar em casa e já vai tentando agarrar assim que entro no carro. Depois conta a inveja que sentiu quando Henrique começou a me namorar e pede uma chance. Vendo aquele misto de dândi com promoter da festa do ridículo dizer aquilo, eu, que me sentia a última das criaturas, confirmo que sou a última das criaturas mesmo.

8

Henrique é um sucesso e logo começam os convites para outras exposições. Cada vez ele passa mais tempo pintando com a colega que eu nunca vi em um estúdio que não se sabe onde fica. Quando estamos juntos ele continua sendo o meu grande amor, só que quase nunca estamos juntos. Já o amigo Augusto liga todos os dias, me espera na saída da aula e muitas vezes aparece de surpresa no *Pão Nosso*.

Em mais um final de semana sem Henrique, aceito o octagésimo sexto convite de Augusto para jantar. Na última hora, o grande evento é transferido para a casa dele, onde eu enfim vou conhecer os maravilhosos dotes culinários do meu pretendente.

Ai, ai, ai.

Saio de lá tão amassada como os pães do meu jornal.

Eu não estava assim tão morta para os outros homens do mundo.

9

Vida dupla e clandestinidade. Não só eu tenho dois namorados agora, como eles ainda são amigos. Estou pensando seriamente em um exílio no Paraguai.

Augusto quer exclusividade e me atormenta com isso. Henrique, felizmente, continua ocupado com suas exposições e nem desconfia do que está acontecendo.

Para dedicar a Henrique meus sábados, domingos e dias santos, tenho que inventar milhões de mentiras para Augusto, desde que minha mãe entrou em trabalho de parto até um curso intensivo de tai-chi-chuan. Só a tia Bitoca eu já matei umas quatro vezes desde que esta história começou. Mas durante a semana, Augusto não pode reclamar. Estou sempre com ele, sempre morrendo de medo de ser vista por alguém, sempre achando que vou dar de cara com Henrique em algum lugar.

Meu avô paterno tinha duas famílias e, segundo consta, nenhum problema com isso. Nem a minha avó, que chegou a ser madrinha de um dos filhos da outra mulher dele, a dona Ercília, que até eu conheci. Talvez venha daí o gene da infidelidade que eu herdei, quem sabe é alguma coisa atávica, algo para ser absolvido pela sociedade. Mas eu não vou assumir esse lado assim, sem resistir, não com o romantismo que se espera dos meus vinte anos.

Esta noite decido quem vai ser o pai dos meus filhos.

No primeiro casamento.

10

Decidido.

Vou contar tudo para Henrique, pedir desculpas e nunca mais ver Augusto. Ou talvez seja melhor pular a parte do nunca mais.

Atrás do estúdio de Henrique. As indicações me levam ao mesmo galpão onde eu já estive. Desta vez eu entro. Telas, latas de tinta, esboços, é aqui mesmo. Subo a escada para o mezanino. As paredes estão cobertas de retratos de uma mesma mulher. E algo me diz que é a tal colega que pinta com Henrique. Melhor dizendo, que posa para Henrique. A mulher aparece em todos os ângulos possíveis, rosto, corpo, com roupa, sem roupa, até transando com um autorretrato de Henrique.

Sobre uma cadeira, um retrato meu. Um quadro da escola ultrarrealista, que mais parece a ampliação do meu pior três por quatro. Então é assim que Henrique me vê. Com todas as imperfeições que eu sei que tenho e até um delicado, sutil buço, que eu nunca soube que tinha.

11

Claro que eu posso aceitar as desculpas que ele pede, quase chorando, no portão da minha casa. Eu conheço como ninguém o poder dos hormônios nessa idade.

Henrique parece sincero no seu sofrimento. Fala que a tal colega que pinta e borda se ofereceu para me explicar que tudo não passou de uma grande bobagem dos dois. Ele jura que nem se interessou tanto assim pela mulher, embora as paredes do atelier não digam isso.

Henrique quer uma chance, quer casar, quer morar em outro país, quer fazer greve de fome, quer entrar para um mosteiro beneditino se eu não puder perdoar. E como eu não poderia, eu que herdei o longíquo cromossoma da infidelidade do meu avô?

Vou ser uma crápula se não contar para ele o que aconteceu com Augusto. É o fim, de qualquer jeito, mas Henrique não merece sair como um Jece Valadão dessa história. Não depois do jantar com o meu pai, da escova de dentes emprestada, de Garopaba, do Prince, de achar que ia ser para sempre.

12

Vou ser uma crápula.

Ninguém mandou fazer o meu retrato de bigode.

13

Fim.

Quase amor 4

Morando sozinha pela primeira vez. Meus pais quase morreram de desgosto ao ver a filha mais moça sair de casa, mas filha nasce para dar desgosto mesmo. Em dois dias eu já descobri que não existe nada parecido com ter o próprio espaço.

Espaço talvez não seja bem a palavra. Meu apartamento é do tipo sala e banheiro, a cozinha fica ao lado do sofá. Bastaram estes dois dias para eu adquirir um personalíssimo cheiro de bife que parece impregnado na minha pele. Nem patchouli pega tanto quanto óleo de girassol.

O apartamento é pequeno e fica menor ainda com a presença constante do meu namorado. Euclides é o nome, mas desde pequeno ele carrega o apelido de Tarugo. Não me pergunte as razões, até onde eu conheço, não deve ser nada ligado ao sexo.

Tarugo é estudante de educação física. Conheci no aniversário de uma amiga que era apaixonada por ele. Quando Lurdinha, a minha amiga, soube que eu estava ficando com Tarugo, cortou relações comigo. Ficou tão louca que ameaçou cortar o tarugo do Tarugo por vingança.

Tarugo e eu não estávamos apaixonados, nem pretendíamos ficar. Mas aquela confusão toda nos aproximou e acabamos viramos um casal que não está apaixonado, nem pretende ficar.

Namorar quem não se gosta simplifica muito as coisas. Para começar, não existe sofrimento. Não penso em suicídio se Tarugo não me liga (e ele sempre liga). Não morro cada vez que Tarugo não aparece. E ele sempre aparece, até demais para o meu gosto.

Outra particularidade de Tarugo: ele só usa abrigo esportivo. Nunca vi o meu namorado de calça jeans ou de linho ou de lona ou de tergal, que seja. Para o dia a dia ele tem um abrigo mais básico e para sair comigo, outro de marca famosa. E só. No inverno, Tarugo ainda usa um pijama embaixo da calça do abrigo.

Não tenho a menor intenção de me unir a Tarugo pelo matrimônio, mas não posso deixar de pensar no nosso casamento. Ele me esperando no altar de abrigo preto, com um cravo no bolso do casaco de três listras. Eu entrando na igreja de abrigo branco. O padre de abrigo embaixo da batina. E todos os convidados de jogging, bermuda e collant, modelos coloridos em tactel, lycra e moletom. Quem sabe não consigo o patrocínio da Nike para a cerimônia?

Enquanto o dia do casamento não chega, acompanho Tarugo até a entrada do prédio e espero o elevador para voltar. A porta abre e revela lá dentro um vizinho como eu nunca tive em toda a minha vida. E pelo jeito como me olha, eu sou a vizinha que ele nunca teve também.

Nem tudo é perfeito. Logo atrás do vizinho vem uma vizinha tão bonita quanto ele. No colo, um bebê lindo como os dois. Nem precisaria ser uma repórter experiente para deduzir que esta é uma legítima e verdadeira família feliz. Envergonhada dos meus pensamentos obscenos, cumprimento Jesus, Maria e José rapidamente e entro mais ligeiro ainda no elevador.

Se eu tiver um filho com Tarugo, espero que seja parecido com aquele bebê, mesmo que venha ao mundo esportivo, como o pai.

2

Levanto da cama e tropeço em uma calça de moletom atirada no chão. Esta nem é a casa de Tarugo e ele deixa coisas espalhadas por toda a parte. Chuto a calça encardida para baixo da cama e vou tomar café. Um par de tênis de número aproximadamente 50 ocupa metade da cozinha. Se eu encontrar uma cueca dentro da gaveta dos talheres, Tarugo vai acordar morto hoje.

Não bastasse estar atrasada para a reunião de pauta, ainda tem um carro bloqueando o meu na garagem do prédio. Calma, Maria Ana, não entre em surto só porque um idiota qualquer não sabe estacionar e o chefe vai arrancar as suas tripas.

Vou começar a gritar por socorro quando o elevador chega e quem sai de lá? O vizinho maravilhoso. Ele oferece uma carona, já que o meu carro não vai sair de onde está tão cedo.

Não vou aceitar. Não vou aceitar. Preciso pensar em uma desculpa. Não vou aceitar. É confusão na certa. Não vou aceitar.

3

Aceito.

4

O carro dele tem cheiro de bebê misturado com algum perfume doce de mulher. Não consigo ficar à vontade, me acomodar no banco e conversar normalmente. Parece que estou invadindo um lugar que não é meu.

Roger Moreira, vizinho e símbolo sexual, trabalha na zona norte, mas vai me levar até o jornal, que fica no centro. Ele é advogado de uma grande indústria de alimentos. A mulher, Mariana, é professora de balé. Fico morrendo de ciúme do corpão que ela deve ter. O filhinho, claro, só podia se chamar Roger Jr. Lindo como é, nada mais justo que garantisse no nome a continuação da espécie perfeita dos Rogers.

Falo pouco de mim e, principalmente, não falo nada de Tarugo. Acabei de decidir que abrigos, munhequeiras e cronômetros pela casa estão com os segundos contados. Hoje mesmo vou pedir um tempo para pensar na relação, ou seja, vou mandar Tarugo longe para nunca mais.

Sabe quando existe alguma coisa além de perfume de bebê e de esposa no ar? O vizinho também sabe e não me deixa descer do carro. Estaciona e ficamos conversando na frente do jornal, enquanto a reunião de pauta avança.

Não sei de onde tiro a coragem para segurar a mão dele. Talvez um infiel em começo de carreira, o vizinho olha para todos os lados e só deixa a mão ficar na minha quando tem certeza de que a sogra, os cunhados e os repórteres das revistas de fofoca não estão no local.

Agora que o primeiro passo foi dado, o vizinho está nervoso para se despedir. Depois de um beijo apressado, ele vai embora e eu entro no jornal para ser fuzilada pelo olhar do chefe.

5

Não quero esperar mais para dizer adeus, Tarugo. Em casa ao meio-dia, encontro a louça lavada, a sala arrumada e a roupa passada. Dá até vontade de reconsiderar, mas neste momento estou precisando mais de um homem de verdade que de uma boa empregada.

Tarugo fica magoado comigo, diz que terminou com Lurdinha por minha causa. Eu sei que não é verdade e Tarugo também sabe, mas ele não teria coração, nem eu, se não fôssemos capazes de fingir um pouco de sofrimento neste final.

Quando eu voltar à noite, Tarugo não vai mais estar aqui. Tenho pena dele e de mim, e agora não estou fingindo. Tenho pena de nunca ter achado que fosse dar certo. A mesma pena que começo a sentir quando penso no meu vizinho maravilhoso e sua família mais maravilhosa ainda.

6

Quem se atrasa para a reunião de pauta, pega o que sobrar.

Cumpra-se. Lá vou eu a caminho da Primeira Jornada Sensorial de Terapia Reiki, seja lá o que isso signifique.

Logo na chegada, falo com o Grande Mestre Reiki. Ele me explica detalhadamente o que vai acontecer no evento, mas mostra-se preocupado com uma certa energia negativa que diz sentir em mim. Para nada atrapalhar a jornada, o Grande Mestre convoca três mestres menos graduados para tratar do meu problema.

Fique calma, diz um dos mestres menores, agora nós vamos equilibrar a sua energia Ki e a sua energia Rei. Rei, para mim, ou é o Roberto Carlos, ou é o Pelé. Não consigo ficar calma enquanto os três mestres colocam no meu corpo todos os seus dedos, trinta no total. Sou um ser primitivo demais para achar que tanta mão em cima de mim tem a ver com o lado espiritual. Relaxe, diz outro mestre, nós somos apenas o canal para você atingir o equilíbrio. Desde que o terceiro mestre não me mande gozar, o resto vai estar sob controle.

Minha energia negativa contaminou dois dos mestres, que desistem da sessão para assistir ao show do grupo Companhia do Mantra. O que sobrou conversa sobre a continuação do tratamento, aquele passar geral de mãos em mim durante quatro dias consecutivos, para começar, e depois conforme a minha necessidade. O nome certo disso é terapia Reiki.

Até que meu terapeuta é interessante, mas não posso esquecer que ele é um honorável mestre. E mesmo que não fosse, eu não sou uma moça solteira. Tenho o meu vizinho, agora.

Terminada a reportagem, o mestre me acompanha até a porta e pede o meu telefone. Ele é espiritualizado, mas não está morto. Escrevo o número em um folhetinho ilustrado com uma divindade indiana cheia de mãos, provável inspiração do tratamento que me foi recomendado. Na saída, ainda posso ouvir o vocalista da Companhia do Mantra levantando a plateia:

– Simbora, quero todos cantando mentalmente comigo!

7

Hoje quem vai preparar o jantar sou eu. É a primeira vez que cozinho no meu novo apartamento e deve ser a segunda em toda a minha vida. Na divisão informal de tarefas, a cozinha era de Tarugo.

A Cozinha Maravilhosa de Tarugo.

Não podia dar certo.

A partir de agora, as frituras estão banidas desta casa. Estou cansada de ter cheiro de chuleta.

É só eu colocar o talharim na água fervendo que o telefone toca.

– Não consigo esquecer o seu beijo.

Meu vizinho lindo falando rápido e baixinho, a mulher deve estar trocando as fraldas do bebê no quarto. Quer me encontrar amanhã no final da tarde. Não tenho tempo de responder, ele precisa desligar e então fico só eu e mais ninguém do outro lado da linha.

Voltando ao talharim, agora sem muito apetite. Por que ele ligou, só para eu me sentir uma ruína? Ainda estou repetindo para mim mesma cada palavra rápida da conversa e o telefone toca outra vez. Graças aos céus, meu vizinho se arrependeu do que fez comigo.

– Eu ia ficar muito triste se você não ligasse.

– Como você sabia que era eu?

Demônios, o mestre Reiki. Só me resta continuar como se estivesse esperando por ele.

– Senti a sua energia, acho.

– Queria convidar você para jantar, Maria Ana.

– Pode ser amanhã?

– Pode, sim. Estou sem carro, você me pega às nove?

Pego. E azar do vizinho com seus planos de namoro no final da tarde.

O mestre Reiki é que está certo. Eu sou mulher para se levar a restaurante, para ir a lugares cheios de gente e mostrar para os amigos.

Azar do vizinho, que não esquece do meu beijo.

Azar o meu, que não esqueço do meu vizinho.

8

Não adiantou madrugar para a reunião de pauta. Peguei a cobertura de Chimbiquinha e Realengo, um sensacional tudo ou nada entre dois times da décima divisão.

Eu na cabine de imprensa, na verdade um banco a céu aberto na lateral do campo. Minha função é anotar os principais lances, mas trinta minutos depois o meu bloco continua em branco. Para que eu não durma neste banco imundo, Deus providencia uma chuva fininha e gelada, dessas que grudam no cabelo e formam estalactites nos cílios.

Intervalo. Se acontecer alguma coisa interessante e eu não anotar, não é incompetência, é que congelei mesmo. O capitão do Chimbiquinha dá o chute inicial. O zagueiro Cabeção, do Realengo, dá um soco na cara do meia-esquerda do próprio Realengo. Já vi muito time se matar em campo, mas assim, nunca.

Considerados os descontos, estes noventa e seis minutos (setenta e três de bola rolando) já podem entrar para a galeria dos piores da minha vida. A partida termina empatada e com três expulsões de cada lado. Ouço os técnicos e alguns jogadores. Quando vou entrevistar Cabeção, os hooligans do Realengo avançam para cima dele em massa. São uns sete ou oito, mas para mim é o bastante. Bato em retirada junto com Cabeção e acabo entrando com ele no ônibus do time.

Como diria o mestre Reiki, agora é relaxar. Enquanto o ônibus me leva para a concentração do Realengo, no outro lado da cidade, penso que nunca tive tantas emoções com tantos homens em uma noite só.

E eu ainda reclamo.

9

O vizinho e família aparecem na garagem no instante em que eu chego para pegar o carro. Ele me olha como se não entendesse o que eu faço ali, tão cheirosa e arrumada, numa quinta-feira à noite.

Vou buscar um terapeuta Reiki para sair, é óbvio. E só agora me ocorre que nem sei o nome dele.

O vizinho faz a mulher e o bebê subirem e continua na garagem enquanto manobro o carro. Pelo menos hoje eu não posso raspar na parede. A porta já está abrindo e o vizinho parado, me vendo ir embora sem dizer nada que me faça ficar.

As pessoas em geral e os homens em particular sempre me têm da maneira mais fácil, quase sem esforço. Infelizmente para Roger Moreira, é ele quem vai pagar por todas as vezes em que eu fiquei sem ninguém precisar pedir.

Saio da garagem para entrar em outra história.

10

O terapeuta Reiki está sentado no meu carro e eu não sei como me dirigir a ele. É impressionante, eu sempre consigo me superar. Hoje, por exemplo, vou jantar com alguém de quem não sei nem o nome.

Ele conta que tem quarenta e cinco anos, muito mais que eu. Quando diz que é psicólogo, tenho uma iluminação:

— Quero o seu cartão agora, estou precisando de uma consulta.

Aqui está, na minha mão, o nome do meu amigo. Mauro. Ele é calmo, muito calmo, do tipo que até incenso acende. Também faz mapa astral e interpreta sonhos.

Pensei que fôssemos a um restaurante indiano, mas Mauro quer uma churrascaria mesmo. Pelo jeito, vaca, para ele, só é sagrada no espeto.

Aqui abro um parêntese para a minha única teoria.

Mulheres só se apaixonam a sério por homens que sabem fazer rir. Homens que dizem coisas engraçadas, ao mesmo tempo idiotas e inteligentes, o que elimina o Chapolim da lista.

Não tenho vontade de rir uma única vez com Mauro, no máximo dou um ou outro sorriso, quase sempre por educação. Além de maconha na sala e acordes de cítaras no toca-discos, estar com ele faz pensar numa vida pacata e contemplativa, quase bovina, como me inspira a churrascaria.

Eliminado da lista.

Só deixo Mauro me beijar porque sei que vai ser a única vez. Ele desce do carro e antes que eu dobre a esquina, o cartão com seu telefone de psicólogo já está voando pela janela, para longe de mim, das minhas teorias e de tudo o que eu não ri nesta noite.

11

Você não vai acreditar.

Meu vizinho estava me esperando na garagem.

Não sei o que Roger Moreira disse para convencer a mulher a dormir fora. Mas ela foi e ele só sai do meu apartamento na manhã seguinte, quando todos os outros vizinhos já estão tomando o café da manhã com suas legítimas esposas.

Além de lembranças, a noite deixou também um tratado.

Fica combinado que meu vizinho nunca vai prometer nada, nem eu vou pedir.

Fica acordado que ele não tem planos de deixar a família.

Fica acertado que eu continuo me envolvendo com outras pessoas, se quiser assim.

Fica estipulado que não existem aniversários, que as datas não são comemoradas e os presentes não são trocados.

Fica sacramentado que o casamento não impede um homem de conhecer e se apaixonar e querer ter outra mulher que não é a dele.

Fica documentado que relações assim só sobrevivem sem compromisso e só existem pela vontade de existir.

Fica tudo conversado, resolvido e entendido.

E quando ele fecha a porta, fica também o vazio.

12

Voltei a encontrar o mestre Reiki, só que profissionalmente. Agora ele é meu psicólogo. Também aproveitei para fazer o mapa astral, e na saída o mestre ainda me vendeu alguns incensos.

Sexta foi aniversário de Tarugo. Liguei e combinamos um jantar. Tarugo estava de calça, camisa xadrez e blusão nas costas. Pensando bem, ele fica melhor de abrigo.

Também conheci um instrutor de surfe boliviano, o que é um pouco estranho, considerando a tradição da Bolívia neste esporte. No verão ele mora em Santa Catarina, no inverno é professor de esqui em Bariloche. Parece perfeito para os meus finais de semana sem o vizinho.

E o garoto que caiu de amores por mim numa destas noites? Não só tinha dezessete anos incompletos, como foi a primeira vez que chegou perto de uma mulher em sua curta vida. Fiz o favor de levar a criança para a minha casa, mas acabei me arrependendo. Ele colou um chiclé no pufe peludo da sala. Agora saia daqui e só me apareça outra vez quando tiver uns vinte e cinco.

Às vezes fico com o meu vizinho, sempre respeitadas as regras: ninguém é de ninguém, mas ele é da mulher dele. Não gosto nem um pouco da situação, mas gosto tanto de Roger Moreira que quero viver assim, mais ou menos feliz e para sempre com ele.

Precisaria acontecer alguma coisa muito grave para terminar a nossa história.

13

A mulher do meu vizinho está esperando sêxtuplos.

14

Fim.

Quase amor 5

Minha alma canta, braços abertos sobre a Guanabara. O Rio de Janeiro é o lugar mais bonito do mundo, ainda mais para povos de outras latitudes, como eu. Não admira que muito alemão já tenha enlouquecido por aqui. Tanta mulher com um pouco ou um nada de roupa como em Copacabana, só na floresta amazônica. E se a comunicação com as indígenas deve ser complicada, com três palavras já é possível manter um diálogo com as cariocas: merrmão, mórragito e cêquesssabe.

Uma sensação de felicidade completa toma conta de mim nas areias de Copacabana. Férias neste lugar maravilhoso, onde não tem vendaval na praia e toda bunda com celulite pode virar cartão postal. É o paraíso.

Vim para cá sozinha. Estou em um destes flats que ficam baratos na baixa estação. Não sabia o que fazer de duas semanas de férias, até que me veio a ideia brilhante. Rio de Janeiro. Samba, mulatas, ziriguidum e telecoteco. Tudo no meu quarto de hotel, que eu não sou louca de andar por aí depois que escurece.

Felicidade completa dura pouco. Meia hora, contada no relógio. Hoje é o primeiro dia e eu já estou cansando da minha companhia. Quando me enojar da praia, dentro de alguns segundos, vou a um shopping. Depois posso ir ao cinema, e na saída me convido para jantar. A primeira de muitas noites comigo na cidade maravilhosa.

2

Três dias e o cara que aluga guarda-sol já ficou meu íntimo. É eu abrir o *Jornal do Brasil* que ele vem conversar. Para este nativo, o sul é um lugar misterioso onde todas as mulheres são loiras e lindas como a Vera Fischer, mesmo que eu seja a prova viva do equívoco.

Da minha cadeira já identifico alguns colegas de vagabundagem. Duas mulheres de quarenta e muitos estendem as toalhas perto de mim. Namoro ou amizade? Pelo jeitão, é um casal dos mais apaixonados. Uma olha para a outra com tanta ternura que chega a dar inveja. Deixa para lá, prometi que esta vai ser a última das minhas alternativas.

Um senhor de presumíveis sessenta chega todos os dias na mesma hora, senta no mesmo lugar, lê o mesmo livro e vai embora pelo mesmo caminho. Quem sabe para escapar de outras mesmices.

E tem um homem dos seus trinta anos que não para de olhar para mim. Corpo em excelente estado de conservação, rosto escondido por um óculos gigantesco e um detalhe: é negro. Negrão da gema, eu diria.

O negrão sabe que agrada e está se alongando só para eu ver. A sunga amarela que ele usa reflete o sol e outras coisas mais. A não ser que guarde as meias de jogar futebol dentro da sunga, a situação na grande área do negrão chega a ser assustadora.

Resolvo me alongar também. Braços levantados vagarosamente, quadril encaixado, meu professor ia gostar de ver. E parece que o negrão gostou também. Estou exercitando a posição gansa-cansada-com-torcicolo quando uma voz de homem forte e macia ao mesmo tempo, uma voz de homem como não se faz mais hoje em dia, entra acariciando o meu ouvido.

– Mórragito, hein?

3

O rosto do afro-brasileirão está a um terço de milímetro do meu. Os dentes são tão brilhantes que eu me vejo em cada um deles. Acho que estou com medo. Se o negrão chegar mais perto, eu chamo o salva-vidas.

Levanto para escapar do cheiro salgado do negrão. No aeroporto não tinha o berlitz edição Praias do Rio, então não sei uma palavra sequer para dizer a ele. Assim, na pressa, só me ocorre o clássico mim, buana.

O negrão insiste:

– Merrmão?

– Eu não falar seu língua.

– Mórragito! Where are you from?

Essa agora, o negrão pensa que sou uma americana excêntrica em férias. Meu inglês não vai resistir tanto tempo.

– Olha, eu já estava de saída, amanhã a gente se fala aqui na praia.

– Cêquesssabe, merrmão.

O olhar do negrão me acompanha até o outro lado da rua. Se ele vier atrás de mim, eu convido para um limão gelado. Caminho bem devagar, mas o negrão não me segue. Olho para trás e vejo aquele homem grande se exercitando na areia como se eu nunca tivesse existido há alguns minutos. Esta noite vou comprar um biquíni antes de jantar. Aliás, não vou nem jantar. Não quero sombra de barriga amanhã, quando encontrar os músculos do negrão outra vez.

Durmo feliz pela primeira vez desde que cheguei ao Rio.

4

Já li uma banca de revistas inteira e nada do negrão aparecer. É tanto sol que minha pele está virando um pergaminho. Se ele demorar muito, vai encontrar uma ancestral minha no meu lugar.

A cada homem mais moreno que eu vejo, isto é, de cinco em cinco segundos, me dá um sobressalto. A Rocinha, a Mangueira e o Vidigal estão todos na praia. Só o meu negrão não veio.

Começo a imaginar nosso futuro. Qual será a reação do meu pai quando eu levar o rapaz lá em casa? Em caso de grosseria, eu apelo: meu avô também não simpatizava nem um pouco com o futuro genro. Tanto que meu pai e a minha mãe fugiram para o Uruguai e voltaram já comigo na barriga. Os dois acabaram casando às pressas, mas a cerimônia foi interrompida mais às pressas ainda porque eu resolvi nascer no meio. Acho que vem daí minha fixação por casamento.

E será que a família do negrão é grande? Muito provavelmente, sim. Como vou hospedar tanta gente? Eles devem vir de ônibus, todos suados, cheios de malas. A casa dos meus pais acomoda uns oito e mais uns seis cabem, espremidos, no meu apartamento. Vou ter que arrumar alguns colchões. Se o negrão tiver irmãos pequenos, o que é bem possível, vai me jurar que eles não vão mexer em um CD meu. Até porque eu nem tenho CD de pagode.

E o nome do negrão, qual será? Pelo que sei, este pessoal gosta muito de reverenciar o pai e a mãe na mesma homenagem. Mãe Donata e pai Juventílio, filho Donatílio. Pai Genebaldo e mãe Bernardete, filha Genebaldete. Mãe Florina e pai Aderbal, filho Florisbal.

Perdida nessas considerações, nem noto que a praia ficou completamente vazia e o nativo que aluga a cadeira está querendo que eu devolva a propriedade dele. Estou recebendo o troco em notas suadas de um real, dessas que todo prestador de serviços guarda no bolso traseiro da bermuda. Então, pela segunda vez, A Voz:

– Cê não ia me essssperarrrrr?

5

Ele veio. Atrasado, de terno e gravata na praia, mas veio.

Bebendo um uísque (eu detesto uísque) em um bar famoso como se encontra em qualquer esquina do Rio, lamento ter comprado um biquíni rosa-choque em lugar de um tailleur rosa-bebê.

O negrão se chama Bernardo Antônio de Carvalho Monteiro Souza Oliveira da Silva, homenagem a um avô desembargador e ao outro que foi o primeiro brasileiro negro a presidir a Chrysler americana. É um jovem e promissor procurador da república. Mora em Brasília, como convém, mas está passando as férias na casa do pai, primeiro brasileiro negro a trabalhar na NASA. Não tem irmãos porque a mãe, primeira brasileira negra a se eleger Miss Universo, preferiu não arriscar a silhueta premiada. Parece, inclusive, que ela acaba de aceitar um convite da Playboy, para desgosto da família.

Perto de Bernardo Antônio, eu é que pareço ter nascido no morro, não sei nem em que data. Falo por alto dos meus parentes, isso que sempre morri de orgulho da minha mãe ter sido Senhorita Turismo da cidade dela. Descendente de nobres somalis, Bernardo Antônio é o príncipe de ébano da minha vida. Não pense que eu acompanho assim o primeiro que aparecer, mas Bernardo Antônio não é, definitivamente, qualquer um. Seus pais estão em uma recepção na embaixada da França e só concordo em entrar no quarto dele com a garantia de que logo serei levada para o meu flat humilde. Muito mais tarde, ou muito mais cedo, dependendo do ângulo, acordo com um mordomo uniformizado aspirando a trilha de areia que meus pés deixaram no carpete branco e peludo como um gato siamês. São sete da manhã e estou sozinha na cama de Bernardo Antônio. Só falta me confundirem com uma perigosa assaltante nua que invade as casas dos negros ricos. Antes que eu ou o mordomo comecemos a gritar, Bernardo Antônio surge enrolado em uma toalha e fala com aquela voz, a mesma voz que transforma as piores obscenidades em versos nos meus ouvidos.

– Mamãe querrrrr conhecerrrrr você.

6

Minha sogra poderosa e playmate quer me conhecer e tudo que eu tenho para vestir é um biquíni úmido e uma canga de bali que até já serviu de manta para o sofá lá de casa.

Entro constrangida na sala de decoração pesada. Suely Regina, é como ela se apresenta para mim. Su, é como ela gosta de ser chamada. Linda, deve ter pouco mais de quarenta. Começo me desculpando por estar neste triste estado, espero que a senhora não pense mal de mim. Claro que não, eu também fui jovem um dia e acho que vamos ser grandes amigas. Qual é o seu nome de família, minha querida?

A sogra não se interessa pela minha ascendência espanhola e enquanto ela fala das tribos que originaram a casta dos Carvalho Monteiro Souza Oliveira da Silva, eu rezo para Bernardo Antônio surgir perfumado do seu closet e me tirar daqui.

Muito depois, quando já ouvi sobre a guerra da independência do Burundi, a queda da monarquia no Ceilão e a proclamação da república na Zâmbia, o mordomo que me viu nua avisa que Bernardo Antônio espera no carro.

Saio com uma broa de polvilho escondida na mão e cada celulite cuidadosamente analisada por Su. Vou sentar quando o mordomo infeliz surge com um plástico para eu não sujar o carro do patrãozinho. Só não me atiro do Cristo Redentor porque seria muito previsível e porque Bernardo Antônio vem me buscar às oito para jantar. Antes de ir embora, ele me dá um anel de osso de português que sua tataratataravó ganhou de noivado há muitos séculos e um oceano inteiro, enquanto os colonizadores meus parentes acorrentavam e matavam os dele.

7

Bernardo Antônio volta amanhã para a selva, que é como ele chama Brasília. E quer que eu vá junto.

Nossos papéis históricos se inverteram e eu estou sendo escravizada pelo meu negrão. Senhor de engenho ao contrário, Bernardo Antônio prefere que eu pare de trabalhar. Não aceito e ele promete falar com um amigo das Alagoas, ex-jornalista e muito influente no Correio Braziliense. De mudança para uma mansão na ala sul, Bernardo Antônio não abre mão de dormir sozinho, mas me reserva uma suíte no andar inferior, fundos. Certamente próxima à senzala.

Preciso pensar, mas ele quer a resposta agora. Como não acredito que alguém tome a decisão certa sob pressão, decido que vou.

De volta ao flat, ligo para minha mãe despachar minhas roupas para Brasília. Ela me ameaça com um ataque cardíaco, eu ameaço interná-la no Hospital de Base. Livros e discos, é melhor deixar onde estão. Por enquanto não vou desalugar meu querido apartamento.

Dez da manhã, Bernardo Antônio e eu estamos no aeroporto nos despedindo da sogra Su. O sogro não cheguei a conhecer, foi para Houston trabalhar no primeiro projeto espacial desenvolvido por um brasileiro negro.

No avião Bernardo Antônio abre o jornal, como centenas de outros engravatados, e não diz palavra. Nessa hora eu reconheço nele alguém que tenho observado há anos, um legítimo e verdadeiro representante da espécie Homo voadorus.

8

O Homo voadorus só desliga o celular no último degrau da escada. É como se estivesse sempre prestes a fechar um contrato milionário ali mesmo, na porta da aeronave.

Basta ver uma aeromoça, geralmente mais aero do que moça, que até o mais pacato senhor se transforma em galã no avião. Depois de usar todo o charme para pedir o jornal do dia, o ex-pacato senhor abre o vespertino na cara do passageiro do lado, que pode então aproveitar para ler as páginas externas.

O Homo voadorus sempre quer trocar de lugar e só sossega quando senta na poltrona de outro, o que interrompe o fluxo do corredor, exige a intervenção do piloto e pode atrasar o voo. Muito importante: ele sempre coloca os fones de ouvido, nem que seja para ouvir as instruções do comissário.

Depois de todas as piadas contadas e os comentários sobre Corinthians e Palmeiras feitos no volume apropriado para o avião inteiro ouvir, o Homo voadorus ataca a quentinha como se lutasse pela própria sobrevivência. Em segundos os alumínios são esvaziados e ele deita a poltrona até onde conseguir, de preferência derrubando a bandeja do miserável que está atrás. É a senha para começar o Festival Aéreo do Ronco, um antigo costume da aviação comercial.

O típico Homo voadorus vai muitas vezes ao toilette e sempre mija na borda do vaso e/ou no chão. O avião nem aterrissou direito e ele já está com o cinto desafivelado e o dedo no botão power do celular. Na saída, finge desconhecer a máxima mulheres e crianças primeiro e atropela todo mundo, até a aeromoça para quem lançava olhares meigos há poucos instantes. Enquanto desce os degraus tropeçando, um ouvido experiente consegue distinguir, abafado no bolso do paletó dele, o sinal do celular sendo ligado.

9

Apartamento de Bernardo Antônio. Enquanto encaixotamos livros e louças para a mudança, vou conhecendo um pouco mais do meu amor.

Os CDs são muitos, todos de música clássica e ópera. Educado na Suíça, Bernardo Antônio não desenvolveu o gosto dos seus pares pelo samba e o axé. O som mais radical que encontrei aqui foram as Dez Mais de Richard Clayderman.

Roupas. Bernardo Antônio usa ternos feitos sob medida pelo alfaiate dos ministros e senadores, o que não é nenhuma garantia de elegância, se lembrarmos dos nossos ministros e senadores.

Sapatos. Nenhum mocassim de pompom, graças a Deus. Algumas meias brancas sociais, que eu trato de colocar no saco de doações para os pobres. Os tênis para ele correr, fazer ginástica e continuar sendo a minha escultura preferida vão direto para a mala.

Muitas obras sobre direito, política internacional, biografias de estadistas, Bernardo Antônio não é do tipo que lê para relaxar. As estantes estão todas ocupadas. Vamos precisar de prateleiras novas quando eu trouxer os meus livros.

Depois de um dia inteiro de trabalho braçal, Bernardo Antônio deita comigo, mas não descansa. Saímos cansados para jantar, continuamos nos cansando na volta e eu estou quase dormindo de tanto cansaço quando ouço a voz dele, mais carícia que voz, dizer alguma coisa em uma língua que não entendo.

Na manhã seguinte, ele traduz do senegalês para mim.

Bernardo Antônio disse, amo você.

10

Vou conhecer os amigos de Bernardo Antônio hoje. Um petit comitê, como ele chama, vem a nossa casa no começo da noite. Disse nossa, mas a verdade é que a casa é só dele. Nenhum objeto, nenhum papel, nada de meu fica esquecido sobre uma poltrona ou é visto numa prateleira. Bernardo Antônio elimina os meus vestígios com tanta naturalidade que até eu acho natural.

Aproveito a ocasião para realizar um grande sonho de Bernardo Antônio, usar tailleur. Não ele, eu. Fico parecida com uma secretária bilíngue, como sempre foi meu grande sonho. Ser bilíngue, não secretária.

Dani e Clóvis são os primeiros a chegar. Ele foi nomeado para o Ministério da Justiça e conseguiu nomear a mulher sua assessora. O assunto varia das últimas conquistas dos servidores federais ao relatório de uma comissão sobre o plano diretor de Ceilândia.

Atendo à porta e lá estão Odete e Margarete, as gêmeas que Bernardo Antônio conheceu na faculdade. Advogadas, as duas trabalham com ele na procuradoria. São loiras pintadas quase idênticas. O jeito com que Odete me olha não deixa dúvidas: ela está torcendo para Bernardo Antônio ficar viúvo nos próximos minutos. Margarete consegue ser um pouco mais amistosa, mas fala comigo procurando todas as imperfeições que sua miopia oito e meio conseguir encontrar. Melhor ignorar a dupla pelo resto da noite. Pelo resto da vida.

Silvinha e Flaviano chegam logo em seguida e trazem junto um bebê de sete meses chamado, casualmente, Bernardo Antônio. Apesar da aparência europeia do casal, o Bernardo Antônio deles é mais escuro que o meu. Silvinha e Flaviano atribuem isso a uma grande coincidência ou a uma brincadeira da genética. Não estou muito convencida, mas ainda assim, o pequeno Bernardo Antônio é a pessoa mais interessante da recepção. Passo a noite inteira com o bebê derramando suco e pisando em biscoitos no persa legítimo da sala de Bernardo Antônio, o primeiro, mas não mais o único.

11

Dois meses sem trabalhar. O amigo influente de Bernardo Antônio não tinha mais tanta influência assim, então passo os dias na piscina e na ginástica. Se tem alguém aproveitando esta temporada é o meu corpo. Eu já estava mesmo cansada de ser só um cérebro bonito.

Não mexo um músculo anabolizado para arrumar a casa de Bernardo Antônio. Gisenete, uma mameluca muito da bonitinha que trabalhava para os antigos proprietários, provavelmente foi incluída no contrato de compra e venda da mansão. Toma conta de tudo e decide até o cardápio. Reclamei e a resposta de Bernardo Augusto foi de revoltar o Zumbi dos Palmares, esteja ele onde estiver.

– Pensei que você essssstava preparada para viverrrrr na corrrrte.

Acho que Bernardo Antônio não consegue superar nossas diferenças sociais. Eu estudei em escola pública, viajei em excursão e sei dançar o lambatchan. Ele é formado em Cambridge, nunca pisou na classe econômica e quando acompanha sua mãe Suely Regina ao balé, assiste da tribuna de honra.

Às vezes me dá vontade de chamá-lo de meu nêgo só para ver o que acontece. Chego a dizer meu nê, aí fico com medo e remendo na hora. Meu ne... cessário motivo de alegrias e realizações. Bernardo Antônio quase vai ao ápice quando eu falo isso.

O Bernardo Antônio de agora não é o mesmo que conheci em Copacabana. E acho que eu preferia o negrão da beira da praia. Falando nisso, pedi para ele usar outra vez aquela sunga amarela onde o nosso amor começou, mas Bernardo Antônio nunca repete uma sunga e só usa amarelo quando passa as férias no Rio.

Ontem encontrei Silvinha na academia. Ela está grávida de uma menina e já escolheu o nome: Bernarda Antônia. Bernardo Antônio ficou felicíssimo, vai ser até padrinho. Às vezes eu acho que tem alguma coisa errada nesta história.

12

Me olho no espelho e enxergo o Mike Tyson. Chega de musculação, vou trabalhar de qualquer jeito, nem que seja no jornal que faz a crônica social da cidade.

Repórter do *Brasília's Night*. Nunca fui a tantas festas na minha vida. Já conheci todas as alzirinhas, as necas e as mariinhas do planalto central. Perdi a conta dos carlinhos, albertinhos e dudus que me ofereceram dinheiro por uma entrevista ou uma foto na capa. Sempre finíssima, recuso e peço a eles que falem com o meu editor. Imprensa dourada sim, mas incorruptível.

À noite, Bernardo Antônio sempre me encontra de saída. No começo ele reclamava, agora acho que não se incomoda mais. Da porta ainda vejo a Gisenete servir o jantar como se fosse a mulher dele.

Mas hoje não estou aguentando cobrir o emocionante aniversário de Fabinha do Amaral Coelho. Prometo uma ajuda de custo para o meu não tão incorruptível colega do outro jornal, que fica de me passar a matéria amanhã. Bernardo Antônio, por favor, me espere acordado.

Ele está deitado sem roupa, lendo a biografia não autorizada da Escrava Anastácia. O livro deve estar mesmo bom, porque Bernardo Antônio nem nota os meus abraços sem roupa também. Olhe para mim, me ouça, fale comigo. Bernardo Antônio pede para eu ficar quieta, por favor. Se eu conseguisse chorar na cama, já teria programa para esta noite.

Na manhã seguinte vou até o jornal e me demito. Passo no supermercado e expulso a mameluca do fogão. Sinto muito, mas agora a cozinha é minha. O jantar é meu. O homem é meu.

E a louça continua sendo da Gisenete.

13

Ou estou ficando paranoica, ou Bernardo Antônio não ficou nem um pouco entusiasmado com a minha volta ao lar. O meu jantar já vi que não entusiamou, Bernardo Antônio acha melhor a Gisenete reassumir o posto.

Quase preciso implorar para ele largar a Escrava Anastácia e deitar comigo. No escuro, quando eu gosto de não ver como ele fica muito mais escuro, a voz de Bernardo Antônio ainda parece um carinho quando diz que talvez a minha mudança para Brasília e para a vida dele tenha sido precipitada.

Estou levando um fora sem saber por quê. Se foi por que não fiquei cuidando dele, como uma mucama. Ou por que Bernardo Antônio não chegou a gostar de mim, mesmo que tenha dito eu te amo em senegalês. Decido ir embora.

– Cêquesssssssabe.

Levanto da cama e arrumo minhas coisas. Na verdade, a maior parte das roupas nem saiu das malas. Os vestidos de festa que usei aqui são meu legado para Gisenete. Para ela lavar os pratos bem bonita nas próximas recepções que Bernardo Antônio vai dar.

14

Ele faz questão de me levar ao aeroporto. Refinado como é, pede mil desculpas e lamenta tudo não ter sido diferente. Não precisa esperar o voo comigo, Bernardo Antônio. Despedidas não são o meu esporte favorito, mesmo em casos de engano.

– Adeussssssssssss.

Compro o *Brasília's Night* e abro na cara do homem do lado. Lá está uma matéria minha, a última, sobre o debut de Ledinha Cardoso Pires.

A aniversariante trocou quatro vezes de roupa durante a festa. Na hora da valsa, usando um Versace champanhe todo bordado com pérolas no mesmo tom, foi conduzida pelo pai, o Brigadeiro

Romildo, até o centro do salão, onde cadetes com insígnias douradas formaram um corredor para Ledinha passar. A mãe dela, Lurdinha, elegante em um Valentino vermelho com gola de raposa, chorou de emoção. É maravilhoso poder realizar o sonho da nossa princesinha, declarou para a reportagem.

15

Ademã que eu vou em frente.

16

Fim.

Quase amor 6

Estou no café quando um homem beija o amigo. E eu que sempre achei lindo homens que se beijam. Só por isso acabo olhando duas vezes. Três. Na verdade, eu não paro mais de olhar.

A dona do café conta que o nome dele é Nelson. Parece que trabalha em uma agência de propaganda. Com pena de uma pobre apaixonada e principalmente dos seus pobres ouvidos, a mulher jura que vai conseguir mais informações para mim.

Estou gastando meu bilhão de neurônios a mais, que os outros três as drogas já levaram, elaborando uma estratégia de aproximação. A dona do café liga para dar o telefone da agência do Nelson. Ela descobriu também que ele sai sempre com três mulheres e se diz solteiro convicto. No meu tempo, o nome disso era galinha convicto.

Não posso esquecer de mandar flores para a dona do café. O único problema é que não sei o nome dela, vou ter que endereçar: para a dona do café. E como são duas donas, vou ter que descrever: para a dona do café baixinha e gordinha com dentadura de tubarão e cabelo quase raspado. Duvido o entregador se enganar.

A telefonista da agência me passa o e-mail do Nelson. Santa Internet, esperança dos solitários, dos tímidos e desvalidos. Vou para o computador escrever e assim começa esta história.

2

Oi, Nelson.

Aposto que você não está entendendo nada: de repente, este e-mail no seu computador. Mas fique tranquilo, não é um novo tipo de vírus. É só alguém que viu você no café hoje convidando para um café amanhã, na mesma hora. Você vai ou sua mãe sempre lhe disse para não aceitar convites de estranhos?

Assinado Carrie, a estranha.

3

A dona do café me vê tão arrumada às duas da tarde que já vai providenciando uma mesa discreta.

Duas e quatro, Nelson chega. A cafetina da proprietária faz um sinal com a cabeça me apontando para ele. Pena que aqui não tem terremoto para o chão me engolir. Nelson pede licença para sentar. Só agora posso ver os detalhes. Ele tem cabelos loiros, olhos loiros e boca loira. É todo da mesma cor.

– Nem acredito que estou aqui com uma bunda que já olhei tanto.

Quem não acredita sou eu. Primeiro pelo palavreado elegante do rapaz. Segundo porque ele diz que há muito tempo fica de olho em mim quando eu passo. Bem, talvez não exatamente em mim como um todo.

Falo algumas bobagens e logo somos íntimos. Agora sei que ele sai mesmo com três mulheres, uma paraquedista, uma recepcionista e uma modista. Nelson já vai avisando que está fechado para namoro, noivado e casamento. Não posso deixar de pensar, isso porque você ainda não me conhecia.

4

Hoje Nelson não pode sair, nem amanhã, nem depois. Eu já fiz muito pelo nosso amor, ele que venha atrás de mim agora.

Passam três semanas e ele não vem. Começo remotamente a considerar que talvez eu não seja tão irresistível. Aliás, a história não cansa de me mostrar isso.

Não tenho Nelson, mas tenho uma matéria sobre o encontro de clubes de mães para fazer. E tenho o Humberto, meu colega gordo e cheio de caspa, completamente apaixonado por mim. Alguém me avisa que um homem quer falar comigo na recepção. Vou sabendo que deve ser um cobrador ou alguém da Entorpecentes.

É meu tio Bilu precisando de desconto na participação de falecimento da tia Ziza.

Resolvo o problema de marketing funerário e convido a amiga Sarah para ir a um show no Calabouço Sujo. Não tem mais lugar, mas piscando e mandando beijinhos para um segurança, conseguimos duas cadeiras junto ao palco. O cantor olha tanto para a minha amiga que eu fico as próximas duas horas no banheiro, para não atrapalhar. Na volta, um cidadão bem penteado surge repentinamente querendo me pagar um drinque.

– Obrigada, eu trouxe meu próprio dinheiro.

A essa altura minha amiga Sarah e o cantor já formaram uma dupla e eu que não vou ficar segurando o canhão de luz para eles. E é assim que mais uma noite se vai sem acrescentar nada à minha biografia.

5

Estou andando e ouço um psssssiu. Se tem coisa que eu nunca vou fazer é olhar para um psssssiu. Continuo o meu caminho e a coisa se repete.

Analiso a situação. Neste momento, nesta calçada, passamos eu e um baixinho de bermudas. A não ser que alguém tenha se seduzido por aquelas pernas curtas e peludas, o psssssiu deve ser mesmo comigo. Desta vez foi mais perto. Só falta ser um maníaco, mas, atualmente, até os maníacos estão escassos. Em todo o caso, trato de andar mais rápido. O baixinho provavelmente não vai mexer uma perna cabeluda se o psicopata me atacar. Quase tenho uma síncope quando uma mão segura meu ombro com força. Me viro e é ele, Nelson. Quase tenho outra síncope.

– Achei que você ia escrever.

– Sinto muito, tenho tanta correspondência para botar em dia que só contratando um assessor.

Ele me acompanha até a porta do jornal e pergunta se eu quero jantar. Vingança, enfim chegou tua hora. Agora seja homem e dê a resposta que o canalha merece ouvir.

– Quero.

6

Restaurante japonês, saquê gelado, luz indireta. Preciso confessar que está sendo bom para mim. Vou me atracar com alguma coisa mole coberta de ovas por todos os lados quando escuto aquilo.

– Você topa transar com mais de uma pessoa ao mesmo tempo?

Nos minutos em que as ovas ficam indo e vindo pela minha garganta, penso longamente na resposta.

Se digo que não, passo por desatualizada. Se digo que sim, periga Nelson me arrastar para algum antro. Nenhuma seção de cartas de revista feminina me ensinou a sair dessa situação. Uso a tática de fazer mistério e ele cai. Achando que eu sou iniciada, Nelson conta coisas que arrepiariam um robalo. Todas as segundas e quintas. Numa casa em um bairro classe média. Mulheres casadas, pais de família, amigos de infância, só gente fina. Se eu quiser ele me introduz, e não é trocadilho.

Vou conhecer o apartamento de Nelson sabendo como tudo vai terminar. Ele resolve tomar um banho, eu abro todos os armários atrás de uma turma escondida para só aparecer quando for tarde demais para mim. Abro também o criado-mudo, caso Nelson seja desses que guardam um anão em casa. Não encontro cordas, chicotes, nem vibradores com ventosas. Em todo o caso, desapareço com uma vela grossa e comprida que lembra um ônibus espacial. Um segundo depois, o cheiro de sabonete dele entra no quarto.

Quase de manhã, quando chego em casa, mudei minha opinião. Os maníacos não estão assim tão escassos.

7

Esta semana não verei Nelson, ocupado demais com uma ascensorista, uma artista e uma balconista. Azar dele. Hoje tem a grande inauguração de uma casa de espetáculos, só convidados vips na jogada. Tomara que a ascensorista leve Nelson para a confraternização anual da categoria, assim ele se diverte um pouco também.

Vou usar um macacão de lurex tão apertado que preciso me deitar para vestir. Deixo o cabelo solto, passo batom e saio. Volto dali a duas quadras e doo o macacão para uma drag queen minha vizinha. Desesperada sim, pero sin perder la ternura jamás.

Um cara que conheço de vista assentou acampamento do meu lado. Muito querido, muito divertido e muito casado, para o meu gosto. Um outro deve estar me achando com jeito de poste, não para de andar ao meu redor. Passa, coisa feia. Tinha ainda um terceiro bonitinho, mas uma loira-claríssima 43 l'Oreal acaba de ter um ataque epiléptico para ser socorrida por ele.

Já bebida, alimentada e dançada, de repente vejo Nelson chegar. Imagine se a festa não fosse só para vips. Ele está com uma garota que, pela idade, deve ser normalista. Corro para um retoque antes que Nelson me enxergue. Tento dar um jeito no cabelo todo suado quando a normalista entra no banheiro. Ela se fecha em um daqueles compartimentos e eu não resisto. Tranco a porta por fora, escondo a chave na bolsa, volto para a pista e agarro o primeiro que passa, só para Nelson ver. Na pressa pego o garçom, que faz o que pode para me retribuir com bandeja e tudo. Resumindo: Dagoberto, o garçom que também é modelo e ator, não para mais de me beijar, e a normalista passa desmaiada em cima de uma maca ou seria da porta arrombada? Agora o garçom beija meus olhos, mas ainda posso vislumbrar Nelson entrando junto com a garota na ambulância que sai gritando pela noite.

8

Sozinha na cama, tentando dormir. Ouço a vida dos meus vizinhos como se fosse uma radionovela. O casal do lado se chamando de Pitico e Popota, inclusive agora, que está brigando. Ela acusa Pitico de não ajudar em nada, de não cuidar do filho, de não trazer dinheiro. No começo Pitico deve estar fumando, Popota fala e o bebê chora. No instante seguinte é ele quem fala, enquanto Popota chora e o bebê fuma. Os filhos do vizinho de cima, sozinhos em casa, se matam como todas as noites. Uma mulher que nunca me cumprimenta telefona para um homem que não é o marido dela. O bebê de Pitico e Popota deve ter dormido e, nesse momento, eles estão se beijando. Em outro apartamento, alguém escova os dentes. Do 403 vem o som de gelo no copo. A mulher falando ao telefone implora para o amante passar a noite com ela. Aos poucos tudo vai virando silêncio, o CD da moça do 601 termina e só a mulher que não me cumprimenta continua falando, gemendo seu amor para quem quiser ouvir, o homem do outro lado da linha, eu que escuto aqui no escuro, o porteiro que acaba de chegar. Sinto que agora vou dormir, os olhos começam a fechar, a alma já está abandonando o corpo quando o bebê de Pitico e Popota acorda chorando.

Que bela invenção para o homem, o condomínio.

9

O editor acaba de comunicar que ganhei um aumento. Finalmente alguém que não é a minha mãe reconhece que eu sou boa.

Estimulada pelo dinheiro, passo horas escrevendo uma matéria sobre o despejo de cem famílias. A defesa dos fracos e oprimidos é o meu forte, nesse ritmo ainda acabo me tornando uma justiceira. Maria Ana dos Pobres, a santa das favelas, cultuada nos morros, respeitada nas vilas, casada com um bandidão bem gostoso, o mais procurado pela polícia, ladrão de bancos que distribui o roubo todo entre os miseráveis. Maria Ana dos Aflitos, principalmente de mim mesma. Isso sim é vida e não essa coisa limpinha que eu levo.

Estou em pleno delirium tremens da fama. Um colega precisa me sacudir para eu atender o telefone.

– Nelson, quanto tempo.

Se não é o rei das coristas, das cambistas e das autistas convidando para o seu aniversário. Uma festa à fantasia hoje, segunda. A turma toda vai e quer me conhecer.

Nove da noite, saio vestida de noiva-erótica para comemorar com outros fantasiados o meu aumento e o aniversário de Nelson.

10

São umas vinte pessoas, as mulheres mais feias já totalmente enturmadas. Mulher feia sempre se sente à vontade antes dos outros. Entre um diabo míope que só tem olhos para mim e um Ronaldinho que fala cuspindo, prefiro apreciar a vista no terraço.

Nelson está fantasiado de tomate, inclusive com ramos verdes presos na cabeça. Ele me segue com os passos curtinhos de um tomate de verdade.

– Meus amigos gostaram de você.

– Já notei.

– Estão chamando você na masmorra.

– Hoje não, Nelson. Estou com dor de cabeça.

Chegaram mais convidados. Um vampiro está abraçando uma freira e um almirante. Tem uma melindrosa mordendo o pescoço de uma viúva. Passaram a mão na minha bunda, acho que foi o batman encostado na porta. Aquele fantasiado de garçom até que é interessante. Opa, é um garçom mesmo. É o Dagoberto.

– Pago duas vezes a sua diária se você largar essa bandeja e sair comigo agora.

A bandeja precisa ir junto, ou o dono do buffet mata o Dagoberto. No carro, ele quer tirar o smoking e a gravata borboleta, mas eu não deixo. Quem já não teve na vida a fantasia de levar para casa um empregado do setor terciário?

11

Nunca mais consegui olhar para o Nelson sem enxergar um tomate.

12

Fim.

Quase amor 7

Quase Natal, shopping lotado. Depois de horas procurando mesa com duzentas sacolas em uma mão e um prato de macarrão frio e gorduroso na outra, consigo lugar ao lado de uma família brigando. Um pobre coitado na mesma situação está perto da minha mesa, mal e mal equilibrando seus trezentos pacotes e uma bandeja.

Deve ser o espírito de Natal que me faz ficar com pena. Convido o infeliz para sentar comigo, mesmo achando que dividir a mesa com um desconhecido é uma das situações mais constrangedoras para o ser humano. Almoço sem olhar para o lado. Posso nunca mais ver aquele sujeito, mas detesto que ele assista ao espetáculo do meu rosto afundando no macarrão gelado.

– Não sei o que seria de mim se não fosse você.

Pronto, começou. Eu ofereci a cadeira, não a minha companhia. Respondo com um sorriso antipático e continuo a atacar o meu prato.

– Não sei como você aguenta essa comida. Teve uma avaliação aqui no shopping e este restaurante foi considerado o pior de todos.

Só falta agora ele dizer que acharam uma lagartixa no meu molho. Desisto de tudo, peço licença e inacreditável: o inconveniente segura o meu braço.

– Desculpe, era uma brincadeira para você parar de comer e me olhar.

Ninguém consegue ser mal-humorado o tempo todo, nem eu. Fico na mesa enquanto ele almoça uma coisa de aspecto horrível e grudento, tomo café e só não peço o segundo sorvete porque meu novíssimo amigo tem hora para trabalhar.

– Mas como eu encontro você outra vez?

– Eu trabalho aqui no shopping, menina. Venha amanhã nessa mesma hora.

2

Luiz, este é o nome. O que faz na vida, quantos anos tem, quem é essa pessoa?

Se trabalha no shopping, deve ser vendedor em alguma loja (menos de surf, pelo amor de Deus), ou garçom de lancheria, ou empregado do administrativo, ou segurança, ou faxineiro. E minha mãe que previa um futuro tão luminoso para mim.

Mas também pode ser dono do shopping, por que não? Antônio Ermírio é um que não aparenta o trilionário que é.

Luiz disse amanhã, na mesma hora, e eu vim. Eu e oito milhões de populares se acotovelando atrás das ofertas do Natal. Fico parada no mesmo lugar de ontem, esperando que ele apareça. Agora começo a ficar com fome, mas tenho medo de sair daqui e Luiz chegar. Será que vou lembrar da cara dele? A miopia fez de mim uma péssima fisionomista.

Já vou desistir quando vejo. Ele vem correndo e derrubando os oito milhões de chatos pelo caminho.

– Cada vez que eu tentava sair, aparecia mais alguém para eu atender.

– Onde você trabalha, afinal?

– Pode me considerar uma espécie de relações públicas do shopping.

Almoçamos (mal) e hoje quem precisa ir sou eu. Tento marcar alguma coisa para a noite, mas ele já tem programa.

– Se você é casado, abra o jogo.

– Não é isso, mas até o fim de dezembro estou muito ocupado.

– Bem, a gente pode sair no sábado.

– Em dezembro eu trabalho todos os finais de semana.

– Mas o que você faz? É o Papai Noel?

– Como é que você adivinhou?

3

Minha primeira reação é dizer adeus e não olhar para trás, mas Luiz me segue gritando: você me nega por que eu sou Papai Noel? Ele vai atrás de mim e as crianças, aos milhares, atrás dele. Quanto mais ele berra que é Papai Noel, mais a multidão persegue este homem que corre como uma rena pelos corredores do shopping. Não, eu jamais poderia namorar uma celebridade como Santa Klaus. A julgar pelo que está acontecendo agora, não teríamos um minuto de privacidade em nossa casa no polo norte.

Conseguimos escapar e vamos conversar no estacionamento. Luiz conta que entrou na profissão por acaso, estava desempregado e um dia substituiu um amigo numa loja. O sucesso foi tão grande que ele já saiu com contrato assinado para o ano seguinte. A partir daí, Luiz foi se aprimorando no papel. Aprendeu a empostar a voz para dar mais credibilidade ao hohoho. Passou a fazer laboratório em creches, escolas, orfanatos. Quase imberbe, só desistiu de um implante porque um cabeleireiro confeccionou uma barba de fios naturais, perfeita. Como um Robert de Niro dos miseráveis, Luiz engordou para representar melhor seu personagem, mas foi aconselhado por um cardiologista a emagrecer ou não viveria até o próximo Natal. A recompensa não demorou. Luiz começou a ser cada vez mais procurado para as festas e eventos de dezembro. Trabalhar em uma lojinha de bairro já não era o bastante para ele. Um dia o gerente do maior shopping da cidade fez uma proposta irrecusável, no mínimo incluindo um trenó do ano como luvas. O resto da história você conhece.

Luiz argumenta que é um trabalho como todos as outros. Acredito no Papai Noel, mas não posso deixar de pensar nos aspectos práticos da coisa.

Crediário, por exemplo. Se eu trabalhasse no SPC, jamais daria crédito a alguém de profissão

Papai Noel, carreira que não é reconhecida depois dos seis, sete anos da maioria das pessoas.

Chá com as amigas. Imagine a reação da Sílvia, psicóloga, se eu contasse que estou saindo com o Papai Noel. Ela insiste que eu busco o meu pai nos homens mais velhos, ia achar que radicalizei de vez e caí nos braços de vovô.

Almoço com a família. Minha mãe pergunta o que ele faz, Luiz responde sou Papai Noel e ela atira a panela de guisado na barba dele.

Prometo que volto a procurá-lo em alguns dias, só preciso me acostumar com a ideia. Luiz me deixa na porta do carro e vai cumprir sua missão.

4

Estou com uma bolsa de gelo na cabeça, mas a dor não passa. Ou é enxaqueca ou é desgosto. Com tanto homem no mundo, eu tinha que me interessar logo pelo Papai Noel do shopping.

Preciso reagir. Peço o meu sobrinho emprestado e me junto aos trogloditas que seriam capazes de matar por uma barbie em promoção.

Abrindo caminho entre as hordas, eu e meu sobrinho Pedro chegamos ao trono onde Papai Noel passa os dias dando colo para a garotada. A fila é gigantesca e Pedro não quer esperar. De nada adianta eu prometer que Papai Noel vai trazer muitos presentes se ele for bonzinho. O choro do meu sobrinho se mistura ao jingle bells que toca e recomeça mil vezes, combinação ideal para o surgimento de um serial killer.

Pedro e eu brigamos, o tempo passa e a fila anda. Pedro acaba dormindo bem na hora de falar com Papai Noel. Até então eu só tinha visto Luiz à paisana, é um choque reconhecer que ele fica muito bem de vermelho. A barba não parece falsa, a roupa não tem enchimentos, Luiz é o Papai Noel mais digno que já vi.

Ele me encara, surpreso e triste. Fico em pé na frente do Papai Noel sem dizer nada, só olhando para aquele homem que trata as crianças com tanto carinho, que fala baixinho com cada uma, que nunca perde a paciência, nem depois de mil bebês no mesmo dia. Tudo isso me comove e as lágrimas começam a cair. Papai Noel, isto é, Luiz, também está emocionado, mas uma das ajudantes com roupa de mulher-duende-piranha me tira dali e passa o próximo da fila. Pedro continua dormindo e nem vê que a tia chora tanto, mas tanto, que neste momento poderia até ser confundida com a rena do nariz vermelho.

5

Justamente eu, que vivo um momento tão delicado, sou escolhida para fazer uma matéria sobre o consumismo no Natal. Justamente eu, que agora considero Natal de shopping espiritualidade pura.

Fotógrafo do lado, sigo para entrevistar nossa estrela máxima: Luiz, isto é, Papai Noel. Ele está ainda mais bonito hoje, de gorro vermelho com pompom. Minha vontade é a mesma de qualquer garotinha, pedir colo e ficar abraçada nele.

– Papai Noel, o senhor concorda que o verdadeiro sentido do Natal desapareceu?

– Hohoho, minha filha, o amor vai ser sempre a única razão para o Natal existir.

– Mas Papai Noel, e todos esses produtos lançados pela indústria nesta época, pessoas enlouquecidas nas lojas, o senhor não concorda que o verdadeiro Natal não precisa disso?

– E que outra razão, além do amor, faz um pai gastar todo o salário em presentes para a família? Que outra força, senão o amor, leva uma mãe a disputar a tapas o último autorama? O caráter mercantilista da data existe, até o Papai Noel aqui concorda, mas de nada adiantaria o oportunismo dos fabricantes, dos comerciantes, da propaganda, se lá no fundo de cada um de nós não existisse o amor. E hohoho.

Estou convencida e amanhã os leitores também estarão. A festa maior da cristandade recuperou seu significado e o amor renasceu em todos os corações, notadamente no meu.

Antes de ir embora, ainda peço para o fotógrafo fazer a foto que nunca tive, eu no colo do Papai Noel.

6

Cancelaram uma festa e hoje Luiz está livre depois do shopping. Vamos jantar, ou melhor, cear, já que ele só sai de lá às onze.

Preferia ir a um restaurante, mas Luiz insiste para eu conhecer a casa dele. Eu na casa do Papai Noel. Às vezes acho que algumas coisas só acontecem comigo.

Apanho Luiz e vamos em direção a um bairro afastado do centro. Ele me conta as histórias do dia, crianças pedindo brinquedos que os pais não podem dar, um menininho de rua que passou pelos seguranças e foi expulso a cascudos, a visita de uma escola, tudo tão prosaico e comovente ao mesmo tempo. Um outro estaria falando agora do dia horrível que teve no escritório.

Luiz mora em um apartamento de quarto e sala. Um pinheiro grande demais obriga quem entra a ficar na cozinha. Guirlanda, meia pendurada, presépio, luzes coloridas. O dono da casa realmente leva o assunto a sério.

Ele descongela um peito de peru e abre um champanhe. A árvore iluminada continua piscando enquanto vou com Papai Noel para o quarto. Na parede, centenas de fotos dele com crianças. Derrubo um duende de gesso, presente de um anão, companheiro de outros natais. Luiz diz, não importa o duende, o anão, as crianças. Papai Noel agora está cuidando da menina dele.

7

Meu assessor para assuntos natalinos não pode me ajudar a escolher o pinheirinho lá de casa. Quanto mais se aproxima o grande dia, mais ocupado Luiz fica. Mas agora passo todas as noites com ele, esperando por ele até muito tarde, como agora.

Amanhã faço minha estreia na família Noel. Vou com Luiz distribuir brinquedos em um hospital de crianças. Minha roupa de Mamãe Noel pendurada no armário é como se fosse um Armani, tomara que chegue logo a hora de usar.

Luiz tinha três festas esta noite, vai voltar morto. Preciso perguntar o que ele faz no resto do ano, o dele é o emprego mais temporário que já conheci.

Chave na porta, Papai Noel dentro de casa. Depois que Luiz já distribuiu amor e carinho para todos, chega a minha vez. Uma vantagem de namorar o Papai Noel é que não preciso fazer o jantar, ele vem de tantas festas que não pode nem ver comida. Assim, pula-se a parte chata e passa-se para a parte boa.

Amanhece um frio fora de época. Tenho uma entrevista daqui a pouco, não dá para passar em casa e mudar de roupa. A alternativa é aceitar um antigo casaco que Luiz usava no trabalho. O vermelho desbotou e ficou um pink brilhante bem moderno, um luxo com as plumas brancas do acabamento. O único senão é ser um modelo mais indicado para a noite.

Deixo Papai Noel dormindo e saio feliz da vida. Liberdade é um casaco velho, vermelho e desbotado, desculpe a infâmia. Passo na redação para encontrar o fotógrafo e um engraçadinho faz hohoho quando eu entro. Finjo que não é comigo.

8

A distribuição de donativos no hospital é um sucesso. Ver Luiz em ação é como assistir a um show ao vivo. Ele é perfeito, Papai Noel encarnado e reencarnado. Logo me vem a ideia de aproveitar tanto talento para ganhar dinheiro. Luiz como o grande astro da companhia, eu de Mamãe Noel e assistente de palco e talvez aquele anão que ele conhece no papel de anão.

Santa Klaus Entertainment. Amanhã mesmo peço a um colega para fazer o logotipo. Assim que chegar em casa, conto para o Luiz. Esta noite vai marcar o início do nosso império.

9

– Assim você me decepciona. O que mais me atraiu em você foi o seu antimaterialismo. Agora quer se aproveitar do meu dom para faturar.

Aqui é preciso fazer uma correção. Eu, antimaterialista? Eu sou completamente consumista, absolutamente fútil, totalmente capitalista.

– Você não está entendendo, é só uma maneira de garantir os outros onze meses do ano.

– Eu sou um homem muito simples, Maria Ana. Eu não frequento restaurantes, não vou a lugares caros. Quem gostar de mim tem que me aceitar como eu sou.

– Eu aceito, só não entendo como você come e anda e vive quando não é Natal.

– Nunca falta nada a quem tem o coração puro.

Antes que os anjos desçam tocando trombetas e uma luz vinda do céu inunde a sala, beijo Luiz e fico de voltar amanhã. Pela primeira vez tenho medo de andar pelas ruas do bairro dele. Se furar um pneu aqui, meu corpo só vai ser encontrado no Natal do quarto milênio.

O problema é que junto com a roupa, Luiz vestiu a personalidade do bom velhinho. E mulher precisa mesmo é de um bom canalha.

10

Hoje é 24 de dezembro e Papai Noel acordou deprimido. Hoje o personagem sai de cena e Luiz volta para ele mesmo.

Depois da minha festa familiar e das cinco festas que Luiz tem para ir, vamos nos encontrar e passar o resto do Natal juntos. Não sabia que presente dar. Roupa ele não gosta, relógio ele não usa, livro ele não lê, chocolate ele não come. Correntinha de ouro eu me recuso. Acabei fazendo um quadro da minha foto no colo do Papai Noel. Enquanto espero, penduro o portrait na parede entre todos os outros iguais, meninos e meninas olhando para ele tão apaixonados quanto eu.

Só pode ter sido o champanhe que me fez dormir, nem vi Luiz deitar vestido de Papai Noel e tudo. De manhã bem cedo, ele coloca a roupa dentro de uma mala e esconde no armário. Papai Noel se foi. Agora vou conhecer Luiz.

O dia passa tranquilo. Luiz está triste, mas começa a fazer planos. E eu estou em todos eles.

– Vou precisar muito de você daqui para a frente. Hoje eu me sinto vazio, mas tenho projetos. Em março agora, não sei se você sabe, o shopping quer que eu seja o coelhinho da páscoa.

11

Fim.

Quase amor 8

Se aquele cara não está olhando para mim a tarde inteira, eu mudo o meu nome para Delçolina. Assim, com cê cedilha.

O moço chegou ontem, está fazendo um freelance aqui no jornal. É paulista e fotógrafo de moda, segundo se comenta. Desde que souberam que ele vinha, as mulheres da redação estão indo do trabalho direto para o terreiro da Tia Necy. Você não imagina o que tem morrido de galinha nas esquinas nos últimos dias.

Quem também lucrou com a visita do fotógrafo foram os salões de beleza do bairro. Nunca vi minhas colegas tão louras e lisas. Dá gosto ver todas aquelas unhas perfeitas, bem lixadas e pintadas, batendo nas teclas do computador com uma caneta para não estragar o investimento.

Mas por que será que o cidadão me olha tanto? Vai ver, está achando que me conhece. Se ele me confundir com uma morena que já fotografou e perguntar se eu sou a Aracy de Almeida, eu não respondo pelos meus atos. Jesus, ele levantou da mesa. Vem na minha direção. Está chegando perto. Está quase aqui. Quê, ele passou reto e foi falar com a Verinha, que senta atrás de mim? A Verinha, que é platinada desde às onze da manhã de hoje?

Quero trabalhar, mas fico ouvindo a conversa deles. A Verinha conta até que foi Miss Brotinho no colégio, só não diz o ano. O papo está realmente ilustrado quando o meu telefone toca. Atendo.

– É a Delçolina, posso ajudar em alguma coisa?

2

Já esqueci que o fotógrafo traidor existe. Estou quase sozinha na redação às três da tarde quando ele chega perguntando se eu não vi o chefe.

Informe-se com a Verinha, é o que eu deveria dizer. Mas falo educadamente que o chefe deu uma saída e logo mais está de volta, etc. Ele:

– Você me lembra alguém que eu já fotografei... Acho que é a...

– Se disser Aracy de Almeida, morre.

Eis que o cara puxa uma cadeira e não sai mais do meu lado. O chefe chega e vê aquela cena, dois velhos amigos tricotando em horário de expediente. Nem a Verinha acredita no que suas lentes de contato azuis mostram. Sou obrigada a expulsar o fotógrafo, que se chama André Araújo, não sem antes deixar um encontro combinado para a noite. Com as minhas matérias completamente atrasadas, não vai dar nem para passar no Kako's Hair. Ele vai ter que gostar de mim como Deus fez, com essa raiz preta no cabelo meio vermelho e o esmalte descascado de três semanas atrás.

3

Não quero mostrar que estou dando muita importância ao fotógrafo, mas acabo saindo arrumada no melhor estilo mulher solteira procura. Descontados os espirros de dez em dez segundos por causa do meu perfume, ele parece ter gostado bastante do material aqui. Aliás, ou eu sentei na mãozinha da família Adams, ou é o mãozão do André que está entrando no bolso da minha calça agora.

Vamos jantar. A mãe dele mora no outro lado da cidade e André precisa estar em casa no máximo às onze. Comemos rápido e na hora marcada deixo André em frente ao prédio da senhora Araújo (minha sogra). Sem beijo na despedida, que o rapaz é de família.

4

André volta para São Paulo e começa um namoro via Embratel. Falamos várias vezes por dia, quem deve estar gostando é a companhia telefônica. Morro de saudades e resolvo fazer uma surpresa. Pego um avião e às seis da tarde estou em Guarulhos ligando para ele.

André fica meio atrapalhado com a minha aparição. Diz que já tem compromisso, mas acaba marcando comigo às nove em um bar que não conheço.

Minha agente de viagens me colocou no pior hotel dos Jardins. Antes de sair, deixo o meu quarto pobre bem limpinho, nunca se sabe o que pode acontecer. Oito e meia em ponto estou dentro de um táxi, mas André me deu o endereço errado. Depois de muitas voltas, chego uma hora atrasada.

Ele parece contrariado. Minha explicação sobre o atraso não melhora muito a situação. Agora André parece um periscópio, olha para todos os lados, menos para o meu. Pago a conta e saímos. O pior é que paguei também uma passagem de avião, o hotel e milhares de quilômetros de táxi para encontrar alguém que não parece fazer a menor questão da minha companhia. Prometo para mim mesma que na próxima encarnação vou nascer normal.

Caminhando pela avenida Paulista. De repente, a voz dele:

– Sou casado.

5

Eu disse que ele era de família, mas não precisava exagerar.

Casado. Agora eu entendo aquela ansiedade toda. André devia estar apavorado com a possibilidade de ser visto por alguma conhecida, que ligaria para a mulher dele, que apanharia o revólver guardado na gaveta das calcinhas, que tomaria um uísque e um táxi, que entraria no bar e descarregaria a arma em mim, é claro, que mulher traída se vinga na rival e depois de absolvida ainda volta para o marido.

Acho que já ouvi a história de André antes. A namorada foi ficando sem emprego, foi ficando sem apartamento, foi ficando na casa dele e está lá até hoje. Faz quatro anos. Ele diz que gosta dela, mas que o quadro não é irreversível.

Estamos na porta do meu hotel muquirana. É meia-noite e André fala que vai trabalhar. Fico olhando enquanto ele some na Paulista. Subo para o apartamento paupérrimo. Deito com a minha frustração e o vestido Donna Karan que nem chegou a ser amassado. Amanhã pego o voo às sete da manhã para estar no jornal bem cedo, como se nada tivesse acontecido.

E não aconteceu mesmo.

6

É muito difícil viver no dia seguinte quando alguma coisa dá tão errado na noite que passou. Nesta manhã pós-hecatombe, eu vim direto do aeroporto e continuo com a mesma roupa, mas amarfanhada está a minha autoestima. Tento me concentrar na revisão de alguma matéria desinteressante. O telefone tocando há horas não deixa. Atendo.

– Queria saber se você chegou direitinho.

André Casado. O responsável pelo estado de putrefação da minha alma ligando para saber notícias. Posso ver todos os planos de nunca mais falar com ele entrando pelo fio do telefone. Não precisa mais de dez segundos para André reconquistar o que não foi dele. Pouco tempo depois, quem diz tchau com uma voz aveludada não sou eu, é uma nova mulher, segura e confiante. Quase uma Marília Gabriela.

No meio da tarde, o chefe me manda cobrir o assalto a um caixa eletrônico. Juro que nunca esperei terminar a minha quinta-feira assim. Abro caminho entre os populares, que, na verdade, não passam de anônimos se empurrando para ver melhor. O ladrão já está até algemado. Conheço um dos policiais, o Everaldo, que sempre dá em cima de mim quando eu cubro o plantão. Consigo uma entrevista exclusiva e encerro o dia andando de camburão com o meliante e a turma da oitava DP.

7

André vem no final de semana. Isso justifica eu estar agora em uma loja relativamente cara fazendo um relativo estrago no meu cartão de crédito. Quase que eu me apaixono por mim mesma com esta saia que acabei de comprar. Se André resistir desta vez, pode me chamar de Delçolina Terezinha.

Dez da noite. Eu e minha saia nova esperamos no aeroporto. Uma vez alguém me disse que eu merecia uma nota oito e meio, mas acho que hoje encostei nos oito vírgula seis. Nenhum executivo de pastinha, desses que vão e voltam no mesmo dia, passa por mim sem dar uma boa conferida. Se o avião do André não chegar logo, ele corre o risco de me encontrar noiva de um subgerente comercial.

Estou terminando de roer uma das falanges quando ele chega. Tenho que admitir que este André é bem o meu número. Em um segundo estou colando nele, grudada nele no saguão do aeroporto. Pelo menos os executivos que vão e voltam garantiram uma ereção para contar na firma amanhã.

O plano de ir a um bom restaurante foi adiado para depois que André conhecer meu apartamento. É contra os meus princípios levar um homem que não é meu para dentro de casa, mas André beija mordendo e morde beijando tão bem, que, às seis da manhã, quando ele finalmente vai embora, você pode me chamar de qualquer coisa, destruidora de lares, inimiga das esposas, bug da família, menos de Delçolina Terezinha.

8

Agora eu funciono em duas graduações: quando ele está comigo e quando ele não está.

Quando André está comigo parece que é sempre Natal. Primeiro porque ele chega cheio de presentes e eu espero com muitos outros. É aquela fase da paixão em que amar é pouco, tem que fazer dívidas, abrir contas, inaugurar carnês. Segundo, porque André sempre me encontra de roupa nova e perfume atrás da orelha. Terceiro, porque quando os beijos dele começam e os abraços não terminam, eu tenho a certeza de estar sendo recompensada por ser uma boa menina.

Mas na maior parte do tempo ele não está comigo. E aí quem fica feliz é o meu chefe.

Sem André eu não quero sair, não quero cinema, não quero ler, não quero banho, nada disso. Resta trabalhar e eu me mudo para o jornal. Chego a passar noites inteiras acompanhando uma chacina só para me distrair.

Hoje não vai ter jeito, minha melhor amiga está de aniversário e eu sou obrigada a ir. Compro um livro da lista dos mais vendidos e bato na porta dela.

Sem banho.

9

Sarah, a minha amiga, está fazendo trinta anos e é trinta vezes mais animada que eu. Passou a semana inteira querendo me apresentar um tal de Carlos, pai da cunhada dela. Parece que o cara tem mais de cinquenta. Agradeço, mas ainda estou longe de disputar a Taça Veteranos.

Algumas pessoas dançam na sala escura. Sem inspiração para um twist, sento ao lado de outra amiga e ficamos falando bobagens. Sarah pergunta o que vou beber e quando eu respondo vinho, ela sai dando as coordenadas.

– Carlos, um tinto para a Maria Ana.

Ouço aquilo e fico estática. Passado o choque inicial, viro para a mesa onde devem estar o vinho e o Carlos e levo uma descarga de duzentos e vinte volts.

Ele está abrindo uma garrafa. É o cinquentão mais parecido com um septuagenário que eu já vi. Um pouco careca, usa o cabelo atravessado de um lado a outro da cabeça, na esperança de conseguir o efeito melena natural. Ou é gordo, ou vem com air bag dianteiro.

Carlos me estende a taça, pego sem agradecer. O resto da noite eu passo preocupada em ficar o mais longe possível dele. Por duas vezes Carlos rompe a distância regulamentar de mil quilômetros e chega perto de mim para oferecer vinho.

– Desculpe, sou abstêmia desde aquele copo que você me serviu.

No outro dia, acordo Sarah bem cedo e despejo toda a minha ira. Meio dormindo, ela não entende muito bem o que estou falando.

– Eu avisei que não queria conhecer o Carlos-pai-da-sua-cunhada.

– Carlos-pai-da-minha-cunhada? Você bebeu? Aquele era o Carlos-meu-tio-avô!

10

Quase um ano de um namoro como todos os outros, com planos de morar na mesma casa, viajar bastante, ver um vídeo no domingo à tarde. O único problema é que André já faz tudo isso com a mulher dele.

Tanto insisti que acertamos um prazo. Ele vai resolver a situação e passar o final de ano comigo. O melhor final de ano dos meus últimos trinta.

Já aluguei uma cabana em Santa Catarina, o vestido branco está comprado e os champanhes também. Ele vai chegar às cinco da tarde. Pego primeiro o André, depois a estrada. E a cada segundo me pego pensando que finalmente vou viver feliz para sempre com alguém.

Estranho é que desde hoje cedo André não atende meus telefonemas, nem responde meus recados. Não posso ligar para a casa dele, não sei se a mulher já foi ou se está demorando de propósito para fazer as malas. Um alarmista qualquer, obviamente não é meu caso, começaria a desconfiar que algo deu errado.

11

Eu sou um alarmista qualquer.
Algo deu errado.

12

São quatro horas e eu já estou no aeroporto. Se ele não ligou desmarcando é porque vem. Não existe outra hipótese.

Cinco para as cinco, meu telefone toca.

– Eu não vou.

13

Não me pergunte como foi o meu final de ano, que eu não vi.

Estou levantando neste minuto, quase três da tarde do dia primeiro. Sei que bebi uma garrafa de champanhe quente e fui para a cama.

Engraçado, alguém atirou os livros da estante no chão, virou todas as gavetas, quebrou alguns copos aqui em casa. Não pode ter sido eu, não lembro de ter feito nada disso.

E ontem à noite? Ouvi fogos, explosões, pessoas gritando. Só falta a terceira guerra ter começado.

Aos poucos a amnésia vai passando.

Queria que ela não fosse embora nunca.

14

Se eu disser que houve uma reconciliação e outra separação e mais uma volta e depois uma briga e outra volta e nova separação, se eu disser tudo isso vai ser só para adiar um pouco mais o fim.

15

Fim.

Quase amor 9

Na saída do supermercado, tentando dirigir um carrinho daqueles que vão para o lado que bem entendem, acabo colidindo com alguém. As únicas vítimas fatais do acidente são os tomates da minha salada, que viraram purê. O dedinho do meu pé dói muito, mas eu vou aguentar tudo no osso, provavelmente quebrado. Sou contra demonstrar dor, gritar e desmaiar em público.

– Você anda de olhos fechados, é?

Mas veja quem falando. O outro envolvido na colisão, a minha vítima, por assim dizer, é um oriental. Japonês, chinês ou coreano, tento adivinhar, olhos nos olhinhos apertados dele.

– Logo quem falando que eu ando de olhos fechados.

Minha vítima não herdou a paciência oriental dos seus antepassados. Ofendido com o comentário, quase me atropela com o seu carrinho e abandona rápido a cena do crime. Lá vai ele terminando de amassar o purê.

– Cuidado para não escorregar no tomate, moço.

Aposto que o mal-educado nem japonês é, deve ser um paraguaio falsificado. Saio arrastando o carrinho indomável e o pé avariado. É apenas um dedinho, mas quase não consigo caminhar. Com o maldito carrinho cheio de compras, sento na calçada do estacionamento, esperando que o Super-Empacotador, o defensor dos fracos e dos dedos espremidos, me ajude a descarregar os pacotes.

– Você se machucou?

2

O Super-Empacotador não veio, mas o oriental mal-humorado surgiu sabe-se lá de onde.

– Não é nada grave, acho que bati o dedo.

– Sou médico. Deixe eu dar uma olhada.

Não, não, não, tudo menos isso. Não saí de casa preparada para um exame médico. Minha roupa está um lixo e meu pé, uma ruína. Homem nenhum vai tocar em mim desse jeito.

– Não se preocupe, quando chegar em casa eu coloco um emplastro, dou uma benzida e fica perfeito.

Vou mancando até o carro para impedir que o oriental se aproxime do meu pé.

– Deixe ao menos eu esvaziar o carrinho para você.

Abro o porta-malas. Depois de descarregar e ficar por dentro de todo o meu rancho, ele vem se despedir.

– Desculpe a grosseria. Tem certeza que consegue dirigir?

– Claro que sim. E desculpe pela batida. Às vezes eu sou meio barbeira.

Tomara que a Rosemarie Muraro não me escute. Eu, que não tive culpa no acidente, estou assumindo a responsabilidade só porque o oriental foi atencioso comigo. A categoria das mulheres deveria se envergonhar de me ter como sócia.

– Vou deixar o meu cartão. Ligue se precisar de alguma coisa. Ligue hoje para dizer o que houve com o seu dedo.

Minha vontade é chorar quando o pé estropiado pisa na embreagem. Trato de sair logo dali para ele não ver as lágrimas descendo tão incontroláveis quanto o carrinho que começou este capítulo.

3

Dois dedos fraturados e três semanas de gesso. Enquanto espero o táxi, vai batendo a vontade de ligar para o Doutor Oriental.

Onde mesmo eu guardei o cartão? Será que ligo? E se a mulher dele atender, digo o quê? Alô, aqui é uma paciente do Doutor... do Doutor... Suki. Eduardo Suki. Cardiologista. Qual é o assunto? É sobre umas pontes de safena que ele me implantou. Elas estão com problemas, vão desabar se ele não falar comigo agora.

– Alô, é o Doutor Eduardo?

– Como vai a moça do dedo quebrado?

– Com dois dedos quebrados.

O Doutor Eduardo estava esperando o meu telefonema. Fica preocupado com meus artelhos (é assim que ele chama) e insiste em me visitar. Concordo, mas só amanhã. Hoje estou muito doente para ser vista por um médico.

Na cama, tomando os analgésicos e anti-inflamatórios de praxe, penso que talvez um cardiologista seja mesmo a solução para um coração como o meu. Um coração com DNA de lagartixa, que já foi partido e se regenerou mais vezes do que eu pude contar.

Quem sabe um cardiologista.

Quem sabe.

4

Hoje e amanhã vou trabalhar em casa. Minha mãe queria ficar comigo de qualquer jeito. Dei milhões de desculpas, mas a verdade é que não posso correr o risco de ela ainda estar aqui quando o Doutor Eduardo chegar.

A manicure vem na hora do almoço dar um trato no pé que restou. Vai trazer junto a cabeleireira especialista em escova lisa, para fazer de mim a doente mais sexy que o Doutor Oriental já visitou.

Acabo de tomar banho com o gesso enrolado em um saco do supermercado.

Nunca pensei que um dia ia olhar com carinho para aquele logotipo impresso no plástico.

SuperCaverna, o supermercado da dona de casa moderna.

E felizmente, do cardiologista moderno também.

Ele disse que chegaria às seis, mas eu estou nervosa desde as duas. Os dedos estão latejando, mas não quero deitar para não estragar a escova.

Trabalho muito pouco, leio menos ainda, saber esperar nunca foi o meu forte. Ainda não decidi a roupa que me cai melhor para um visual doente.

Numa hora dessas é que faz falta uma camisola digna. Tenho mania de dormir com as piores camisetas de propaganda que consigo ganhar. Se eu abro a porta usando a camiseta da Imobiliária Vila Bela, periga ele chutar o meu outro pé, antes de ir embora correndo.

Um para as seis, eu de jeans e camiseta branca. Uma doente básica. Às seis e nem um milésimo a mais, o porteiro avisa que o Doutor está subindo. Nunca ninguém foi tão pontual comigo, nem eu mesma.

Quase caio para trás quando abro a porta.

O Doutor Eduardo está todo de branco. Claro, ele não é bombeiro para aparecer aqui de vermelho. Os cabelos são escuros e curtinhos, a pele é bronzeada. Nunca vi nada tão bonito no meu hall. Nas mãos dele, dois sacos do SuperCaverna. Só falta agora fazer um sushi para mim.

É muito estranho estar em casa com um desconhecido, mesmo que ele tenha vindo no papel de médico. O Doutor Eduardo faz algumas perguntas sobre os artelhos e pede para ver as radiografias. Vou mancando buscar. Começa o exame. Deito no sofá, o Doutor pega o meu pé engessado e fica olhando com atenção. Depois pega o pé inteiro e começa a fazer uma massagem muito delicada.

– Tocando em alguns pontos deste pé, é possível diminuir a dor do outro. O pé concentra terminações nervosas que agem sobre o corpo inteiro.

– Até sobre o coração?

– Até sobre o coração.

Não tenho nenhuma dúvida disso.

5

– Hora do lanche.

É imperdoável e abominável. Adormeci com o Doutor Eduardo massageando o meu pé.

– Desculpe, não sei como isso aconteceu.

– Eu fiz acontecer. E também fiz estes sanduíches.

Ele me fez dormir. Ele fez o jantar. Estou literalmente nas mãos do Doutor Eduardo.

Nada é mais normal que beijar o doutor depois que ele já levou os pratos para a cozinha, colocou uma música suave para tocar e sentou ao meu lado no sofá. Nada é mais normal que beijar o Doutor durante horas, depois ir mancando com ele até a porta e vê-lo sumir nas escadas.

Minha escova lisa ficou black-power de tanto que o Doutor Eduardo amassou. Nunca encontrei ninguém que usasse as mãos desse jeito. E isso que ele só tocou em mim profissionalmente e mais tarde respeitosamente, durante a beijação no sofá.

Não quero dormir para continuar pensando nele, mas os remédios dão tanto sono que posso sentir meus olhos fechando, fechando e desistindo aos poucos de ver as coisas por hoje. Só tenho tempo de pedir, por favor meu Deus, me faça sonhar com o Doutor Oriental, ou talvez fosse melhor ter pedido para Buda?

6

Tudo que eu quero é encontrar o Doutor Eduardo outra vez. Tomara que eu piore bastante, assim vou ser obrigada a ligar para ele. Por que o meu plano de saúde não inclui um oriental fazendo respiração boca a boca?

Uma velha estatística dizia que um em cada cinco bebês seria chinês no futuro. Da minha parte, estou completamente pronta para cumprir a profecia. Já posso ver o meu chinesinho correndo pela casa, derrubando a porcelana e quebrando os dedos, como a mãe. Mas sozinha não faço milagres, para isso o Doutor Eduardo tem que voltar.

O dia passa e ele não liga, não manda um telegrama, nem um origami.

Seis da tarde, a campainha toca. Sua mãe está subindo, avisa o porteiro. Nove, onze, meia-noite.

Nada. Vai ver o Doutor está de plantão hoje. Como mulher de médico, só me resta entender e aceitar.

O que é um pé quebrado perto de um coração em pedaços?

7

A vida continua e eu nem lembro mais dos dedos quebrados. Mas do Doutor Eduardo é mais difícil esquecer.

No começo eu pensava nele a cada minuto. Mentira, a cada segundo. Fui algumas vezes ao SuperCaverna para tentar encontrá-lo. Agora nem passo mais na frente do supermercado, de tanto que me dói.

Depois daquela noite, ele nunca mais ligou, nem eu. Sempre me fica a dúvida se eu deveria ou não ter tentado, mas é a minha ética particular: jamais insistir com alguém que não gostou de mim. Ou que parece não ter gostado.

Hoje vou sair pela primeira vez desde o episódio do oriental maldito.

Chega de bobagem, foi tudo rápido demais para eu ficar lamentando. Tudo tão rápido. Uma história que não começa é tão triste quanto uma história que termina.

Estou com as minhas amigas num bar de karaokê. Videokê, é como se chama agora, quando a letra da música vai aparecendo na televisão para o candidato a cantor não errar. No meu caso não ajuda em nada. Cantar para mim é como beijar, só consigo de olhos fechados.

As amigas já soltaram a voz várias vezes e agora começa a pressão para eu cantar também. Pior mesmo é quando alguém puxa o coro: canta, canta.

Estou chamando tanto a atenção na plateia como se estivesse no palco.

Termino a cerveja (detesto cerveja) que está no copo, respiro fundo e vou para o sacrifício.

Um banquinho e uma televisão. Até que é divertido. O princípio básico é evitar a sedução dos trinados e volteios e tentar manter a afinação. Sem abrir os olhos uma única vez, encerro a apresentação e volto para o meu lugar junto com um aplauso ou dois.

– Você canta de olhos fechados, é?

8

Mas veja quem falando. O Doutor Eduardo acaba de puxar uma cadeira e sentar do meu lado. Enxugo o primeiro copo de cerveja que encontro (detesto cerveja) antes de não responder.

Ele me beija e abraça com a propriedade de quem muito já fez isso. Pelo jeito seus artelhos ficaram bons, diz olhando para o meu salto. Estão ótimos, respondo. E depois vem o silêncio.

Acho que tenho a obrigação de continuar a conversa, já que a iniciativa foi do Doutor. Seja o que Buda quiser.

– O que você tem feito nestes meses todos?

Segue-se uma detalhada descrição de atendimentos de urgência, cirurgias de rotina e até um transplante, o primeiro que ele assistiu. Minhas amigas, que não aguentam mais ouvir sobre vasos entupidos e artérias obstruídas, me chamam no banheiro para comunicar que estão de saída.

– Não me deixem só.

Inútil pedir. Sarah está enjoada com tantas transfusões, Júlia vomitou três vezes, Aninha teve uma queda de pressão e Martina desmaiou na mesa dos bonitões ao lado. As quatro batem em retirada e só me resta voltar para o Doutor Eduardo e seus prontuários sanguinolentos.

– Suas amigas estavam pálidas.

– Não repare, elas são as últimas darks da cidade.

Indo para casa de carona. Não pense que eu vou convidar você para subir, Doutor, não mesmo.

– Você me oferece um café?

– Hoje não fui ao SuperCaverna, não tenho nada em casa para oferecer.

Se tivesse assento ejetor no carro, o Doutor Eduardo tinha acionado. Ele vai embora e eu subo as escadas com uma sensação de vitória e um vazio que quase me faz duvidar de ter vencido.

9

Não sou médica, mas também dou plantão. Escondida na cama, pensando no desastre da noite, sou chamada para cobrir o desfecho de um sequestro. Só tenho tempo de colocar a primeira roupa e o carro da reportagem já está buzinando lá embaixo. Não pude nem pentear o cabelo, mas ninguém vai reparar numa hora dessas.

Confusão em um bairro chique. Dois homens invadiram uma casa. Era para ser um assalto sem maiores pretensões, mas deu tudo errado. A polícia apareceu, um dos assaltantes fugiu e o outro fez o casal e dois filhos de reféns. Tento escutar alguns vizinhos, mas estão todos histéricos. A situação de Marilda, repórter de outro jornal, é bem mais difícil que a minha. O popular que ela estava entrevistando passou mal e agora morde a mão dela enquanto grita afaste-se, satanás. Tento falar com o comandante da operação, mas sou expulsa por cinco brutamontes e uns três deles ainda passam a mão na minha bunda.

Isso não vai ficar assim. Saio do meio da confusão e vou para os fundos da casa, onde a movimentação é bem menor. Alguns policiais, armas apontadas, lamentam estar perdendo a transmissão, ao vivo, de Jacarecatinga e Tupingaba. Estou na metade do caminho entre os homens da lei e a casa quando uma porta se abre e o bandido aparece segurando dois adolescentes pelos cabelos.

– Baixem as armas ou eu mato os dois!

Só pode ser um pesadelo. Em um segundo todo o aparato se desloca para os fundos da casa. Canhões de luz, centenas de milhares de policiais, carros com sirenes aos berros, helicópteros, imprensa, a festa está completa.

– O que aquela desgraçada está fazendo ali?

Desgraçada é a sua mãe, eu sou só uma jornalista no cumprimento da missão.

Não sei se me jogo na grama, se saio correndo ou choro. Só sei que de repente alguém me pega pelo pescoço e começa a me arrastar, não imagino para onde.

Demoro um pouco para entender que tem refém novo na jogada: eu.

10

Já falei, sou contra desmaiar em público. Mas desta vez foi mais forte do que eu.

Com um calombo gigantesco na testa e dor no corpo inteiro, só peço que o Doutor Eduardo não seja plantonista no pronto-socorro para me ver nessa situação humilhante.

Como disse, desmaiei. Tudo que sei foi contado pela minha mãe, cujo depoimento transcrevo a seguir.

"Ia tomar o café da manhã, mas resolvi antes ligar a tevê para assistir ao jornal. Só pode ter sido intuição de mãe.

Estava levando o pão com geleia (light) à boca quando vi. A imagem não era nítida, tinha sido filmado de longe, mas eu tive certeza de que era ela.

O bandido segurava uma arma na mão e alguma coisa que se parecia com uma boneca de pano gigante na outra. Ele puxava a cabeça da boneca e dizia que ia estourar os miolo (sic) dela.

Acho que reconheci pelo cabelo, que nunca está muito penteado, mesmo. A câmera se aproximou um pouco, deu um zoom, acho que o nome é esse. E eu tive a certeza de que minha filha era mais uma vítima da criminalidade.

Nunca imaginei ver tanto pavor no rosto de Maria Ana. Os olhos esbugalhados, o nariz torto, um esgar na boca e um fio grosso de saliva escorrendo pelo pescoço. Pensei, minha pobre filha, que péssimo momento para ser fotografada.

Os policiais ameaçaram atirar e o bandido ameaçou fazer Maria Ana de escudo. Nestas alturas eu, como mãe, estava desesperada. Foi quando um agente vestido com um macacão preto imobilizou o assaltante por trás e conseguiu desarmar o bandido. Maria Ana caiu de cara no chão e eu não posso afirmar, mas acho que todos os outros policiais, cachorros e repórteres passaram por cima dela.

A televisão cortou a transmissão nesse ponto. Depois uma colega da minha filha, uma que anda com um homem mordendo a mão dela e gritando afaste-se, satanás, me contou que Maria Ana foi deixada sozinha na porta do pronto-socorro. A sorte foi que eu tinha ligado a televisão antes de tomar café. Senão, sabe lá o que podia ter acontecido."

11

Não saí nada bem na primeira página dos jornais. Pela foto, meu chefe achou até que eu estava morta e não vinha trabalhar hoje.

Acabei ganhando uma coluna para contar o episódio, impressões sobre a violência em texto assinado e tudo. Meus quinze minutos de fama chegaram e foram ridículos.

Telefone para mim. Deve ser a funerária para buscar o meu corpo.

– Maria Ana, quase não acreditei quando vi a sua foto no jornal.

– Não acredito que você viu a minha foto!

Como médico que é, o Doutor Eduardo quer saber sobre a minha saúde, manda eu fazer um raio X, diz que passa mais tarde para me ver. Nada como uma mulher que sabe despertar o interesse científico dos homens.

12

A mão dele no meu calombo da testa não se parece com um carinho. Ele quer saber se eu fiz uma tomografia, como posso saber, se estava desmaiada?

O Doutor me enche de recomendações. Vá a um neurologista amigo meu. Faça um eletroencefalograma. Tome gardenal, vai fazer bem para você.

É um péssimo dia para receber um médico, estou em estado praticamente terminal. Todo de branco, bonito como da primeira vez em que esteve aqui, o doutor Eduardo me olha fixamente com seus lindos olhos puxados. Devemos parecer um famoso casal do cinema, Jessica Lange (ele) e King Kong (eu).

– Você é uma garota e tanto, Maria Ana. Pena que é tão complicada para mim.

Uma patada a mais na cabeça não vai fazer diferença alguma hoje. Vejo o Doutor recolher seus instrumentos de médico sem falar nada. Vou dizer o que para um cardiologista que não entendeu nada do meu coração doente?

13

E ele era simples demais para mim.

14

Fim.

Quase amor 10

A semana tem seis dias e uma calamidade pública, o domingo. E o de hoje ainda veio gelado e chuvoso. Na falta de um homem, fico na cama até tarde vendo Fórmula-1. Meu consolo é que tem mais gente devagar nesta manhã. O Rubinho, por exemplo.

Ainda bem que a faxineira sempre guarda a tesoura de unhas onde eu não possa achar nunca mais. Vai começar um programa sertanejo e minha única esperança de não cometer o suicídio é sair neste minuto. Consigo me vestir penosamente. Frio, tempestade, alagamentos. Agora eu sei como se sente um expedicionário partindo para a Antártida.

Preciso de alguma coisa quente e reconfortante ou vou morrer congelada. Na falta de um homem, pode ser uma sopa de capeletti. Compro os jornais e entro na primeira cantina decente, ma non troppo. Faltam só mais umas doze horas e então eu poderei contar para os meus netos: crianças, sabem aquele domingo? A vovó sobreviveu.

2

Ligo para o meu amigo Carlinhos, que é muito mais mulher que eu. Ele está saindo para o circo em pleno domingo de chuva e eu resolvo que também vou.

A última vez que entrei no circo foi quando eu era um feto. Minha mãe teve o desejo repentino de comer maçã do amor sentada em uma arquibancada. Sorte que uma companhia qualquer estava se apresentando na cidade, ou tudo poderia ter sido pior. Eu poderia ter nascido com a cara da mulher-barbada.

Carlinhos está aqui por causa de um cartaz da Família Voadora Sacarov, com seus trapezistas trigêmeos sem camisa. Como todo artista de circo que se preza, o clã vem da Rússia e/ou adjacências. Carlinhos mal pode esperar para ver de perto os irmãos Ricardov, Paulov e Amarildov.

Sentados na cadeira dura comendo churrasquinho no espeto. No picadeiro, Karinov, a domadora de gatos chechena. Tem o bichano que sobe em mastros, outro que pula aros de fogo, o gran finale é uma dança árabe com gatas vestidas de odaliscas. Ou é impressão minha, ou uma lágrima rolou no rosto de Karinov quando o olhar dela cruzou com o meu churrasquinho.

Próxima atração, palhaços. Apesar da maquiagem e das piadas sem graça, até que o mais alto é ajeitado. Pena que o número é rápido, dura o tempo do palco ser preparado para a entrada de Veronikov, a contorcionista tcheca. Ela quase vira do avesso, agora mesmo está com a cabeça onde deveria existir uma bunda. Veronikov encerra o número dançando cheek-to-cheek com Godunov, o urso sérvio.

Então começa o maior espetáculo da Terra.

3

Ele chega escoltado por dois albinos de armadura. Um golpe certeiro e a capa que usa é arremessada para longe, revelando uma malha branca mais reveladora ainda. Alguns gritos de mulher começam a ser ouvidos aqui e ali e tudo indica que não são gritos de medo.

Mascarado, de malha branca e cartola. O apresentador anuncia: respeitável público, com vocês, o único, o magistral, o estupendo Machadov, o mágico eslavo.

Carlinhos e eu acabamos de nos apaixonar pelo mesmo homem. Assistimos ao número embevecidos, rivais no amor e aliados na paixão. As mágicas de Machadov são tão sensacionais quanto ele. É pomba que some, lebre que aparece, tem até um cachorro serrado ao meio. De repente Machadov vai ao microfone e fala com sotaque argentino, apesar de ser eslavo, que precisa de uma voluntária. Tenho que segurar Carlinhos para ele não se atirar no picadeiro como se fosse um homem-bala. Um gay-bala, melhor dizendo.

Já que ninguém se ofereceu, Machadov vai procurar a voluntária na plateia. Carlinhos, você trouxe batom? Eu queria estar bem, caso ele me escolha.

– Hermosa señorita de boquita roja, quiera acompañar-me.

A hermosa em questão sou eu. Machadov me conduz com delicadeza pela mão e posso sentir o olhar de inveja de todas as mães de filhos ranhentos da plateia. Gentil como só um eslavo saberia ser, Machadov faz com que eu me deite no centro do picadeiro e diz que eu vou levitar.

Não sei se é mágica, se é sugestão, se é a presença dele. Só sei que basta olhar para Machadov e eu começo a flutuar.

4

Terminada a apresentação, Machadov me dá uma rosa vermelha, que eu quase já matei de tanto apertar. Antes dos albinos me conduzirem até a cadeira, ele passa um número de celular e ordena, em argentinês, que eu ligue ainda hoje, depois do próximo espetáculo.

Meu corpo aterrissou, mas a alma não volta nem com as evoluções dos Sacarov sem camisa. Atenção, trigêmeos, se algum de vocês achar uma alma com pouco uso aí em cima, favor entregar na bilheteria.

Estou emocionada demais para prestar atenção nos Incríveis Silveirov, os motociclistas albaneses. Ou para me interessar por Valdomirov, o acrobata croata.

Ou ainda para aplaudir a impressionante Natashov, a romena engolidora de fogo que vomita estrelas.

Não chove mais quando saímos. Me despeço de Carlinhos e corro para recapitular a tarde. O próximo espetáculo começa às nove, às onze já posso ligar para Machadov. Não, eu não posso. Ele deve usar esta tática com todas, primeiro faz levitar, depois pede que telefonem e aí sabe-se lá o que acontece.

Sem coragem de ligar, afundo no sofá da sala e assisto até os gols da rodada. O carrinho que Jovenilço aplica em Lelezinho levanta a torcida, mas não o meu ânimo. O telefone tocando deve ser a minha mãe ou a minha irmã ou a minha amiga ou a minha professora primária, morta de saudades de mim. Homem é que não vai ser e muito menos Machadov, que se fosse mágico mesmo, daria um jeito de descobrir meu número.

– ¿Olvidaste de mi, hermosa?

5

Nunca subestime um mágico. Machadov adivinhou meu telefone e agora fala comigo em uma língua que se parece com o portunhol. E eu que sempre achei que o idioma dos eslavos devia ser incompreensível.

Resumindo, estou terminando de me vestir e vou apanhar Machadov no circo. Não sei que roupa escolher para sair com um mágico, acredito que ele deva gostar de brilhos e cores mais fortes. Por sorte ainda tenho o vestido de lantejoulas vermelhas que usei nos quinze anos da prima Jacque.

Chego ao que deve ser a entrada de serviço do circo. Os trailers dos artistas ficam estacionados uns ao lado dos outros. Todos trazem o nome do dono escrito dentro de uma estrela na porta. Lá está o de Machadov, inclusive com a foto dele de malha branca estampada na lataria. Desço do carro atolando o salto da sandália no terreno alagado.

Estou quase chegando ao trailer de Machadov. Mais uns poucos metros de barro e alguns escorregões e estarei a salvo. Demônios, a escada do trailer dele está quebrada e vai exigir de mim um número de equilibrismo. Agora que estou aqui, não volto atrás. Primeiro degrau vencido, o segundo preciso pular e de repente, aquilo.

– ¿Mujer, que quieres acá?

6

Graças a Deus a vida fez de mim uma pessoa com nervos fortes. Outra, mais sensível, teria morrido de susto aqui mesmo, na escuridão, no barro e na escada quebrada.

Olho para a mulher que falou comigo e levo outro susto. É uma gorda, loira-pintada com cabelos desgrenhados. Está enrolada em uma toalha gasta e tem na mão o enorme maiô de paetês que acabou de lavar.

Apesar da total falta de glamour do momento, reconheço nela a domadora de gatos chechena Karinov. Coitada, então é nisso que uma domadora de gatos chechena se transforma quando não está no picadeiro?

Falo que sou amiga de Machadov e vim buscá-lo para jantar. A mulher parece não gostar da explicação e, cada vez mais furiosa, grita desaforos para mim em portunhol, a provável língua oficial dos russos deste circo. Felizmente a porta de Machadov se abre antes que Karinov arranque o meu couro para tamborim.

– ¿Qué se passa, Karinov? La muchacha es mi convidada.

Os dois ficam discutindo e eu faço a longa travessia na lama de volta para o meu carro. Machadov me segue enquanto a domadora gorda, que cada vez me parece menos chechena, chicoteia suas ofensas sem piedade.

– Fique com sua amiga, Machadov, eu não vim até aqui para ver este espetáculo deprimente.

– Querida, Karinov es como una madre para mi. ¿Usted puede compreender?

Eu sempre posso compreender tudo. É por isso que estou aqui agora, tomando este vinho com Machadov, enfeitiçada pela história dele. É meio redundante dizer isso, estando com quem estou, mas não lembro de ter vivido outro momento tão mágico.

7

Machadov nasceu em uma pequena província da Iugoslávia unificada. Ele conta que na sala de jantar da família, junto com os retratos de bebê dos filhos, havia uma foto emoldurada do Marechal Tito. Você pensa que o pai dele ouvia Ray Coniff na vitrola como o seu? Errou, o senhor Machadov ouvia long-plays com os discursos do Marechal.

Machadov cresceu forte e bonito graças à cesta básica bem fornida que o regime comunista nunca deixou faltar. Também teve a melhor escola estatal e, claro, muito esporte desde criancinha, como se vê no corpão que ele tem hoje.

Quando os irmãos começaram a seguir o destino de camponeses que já estava traçado, Machadov preferiu seguir um circo que estava passando pela cidade. Fugiu deixando apenas um bilhete, que o pai continuou a ler todos os dias, pelos anos seguintes, até morrer. Nesta parte da história, Machadov enxuga uma lágrima com a minha mão. Só espero que não precise assoar o nariz.

Machadov começou no circo como ajudante de um equilibrista. Era ele o menino que recolhia as argolas, buscava as latas, cuidava do paletó de strass do artista. Logo Machadov estava ajudando o domador, depois o contorcionista, até palhaço ele foi por algum tempo. Mas coube ao Magnífico Pedrov, o mágico ucraniano, descobrir o talento maior de Machadov.

Com Pedrov, Machadov aprendeu todos os truques da profissão. A aposentadoria do mestre fez dele o mágico oficial da companhia. E assim Machadov começou a correr o mundo, fazendo apresentações ora na Bielo-Rússia, ora em Los Angeles, ora em Araraquara.

Pergunto a Machadov se ele tem muitas mulheres espalhadas pelo planeta. Machadov não responde, apenas olha fixamente nos meus olhos. Não sei se me hipnotizou, mas acredito quando meu mágico diz que nunca conheceu ninguém como eu. Então Machadov estala os dedos e eu acordo.

Ao lado dele, no trailer.

8

Talvez eu viesse por livre e espontânea vontade, talvez deixasse para vir na noite seguinte. Mas gostaria ao menos de lembrar como foi que cheguei aqui.

Não bebi demais, disso tenho certeza. Também não estava precisando tanto assim de uma noite de amor, para sair me atirando na cama do primeiro mágico que aparece. O mais estranho é ter esquecido de tudo, do instante em que ele me olhou nos olhos até agora. Não sei nem se vim de carro ou de vassoura voadora.

Pior que isso, só a dor de cabeça. Será que ele me bateu e eu não notei? Será que os iugoslavos, quando excitados, estouram a cabeça das suas mulheres nas paredes do trailer?

Machadov traz o café na cama e deita comigo. O corpo dele é tão perfeito quanto a malha branca prometia, mas estou sem apetite para qualquer tipo de breakfast.

– ¿Mi adorada, qué se passa?

– Olha, Machadov, você não devia ter feito isso. Eu sou fraca para bebida e, pelo jeito, para mágica também. Você se aproveitou de mim.

– ¿Machadov se aproveitou de usted? ¿Y quiém gritava "Más, Más" en la noche intera? ¿Y quiém no me permitia dormir, no me deixava parar? Señorita, si alguiém si aproveitou acá, esse alguiém fue usted.

Essa agora. Sou ninfomaníaca e não sabia. Também não sou de circo, mas pelo jeito dei o meu show. Me visto sem encarar Machadov e saio do trailer escorregando na escada quebrada. O vestido de lantejoulas vermelhas reflete a luz do sol e um dos albinos que trabalha com Machadov é obrigado a cobrir os olhos, para não ficar cego.

Felizmente meu carro está estacionado perto do trailer. Mesmo sem levantar a cabeça, sei que todos eles, palhaços, equilibristas, trapezistas, elefantes e vendedores de churros estão ali me vendo ir embora. Passando pelo portão, quase atropelo a loira desgrenhada que doma gatos, aquela que é quase uma mãe para Machadov.

– ¡Desgraciada! ¡Usted se vá a conocer la vingancia de Karinov!

9

Meu colega Túlio Jorge, que faz a página de polícia, considera precipitado eu pedir proteção na oitava DP. Ele acha que o pessoal do plantão vai rir da minha cara se eu contar esta história.

Em todo caso, instalei um rastreador de chamadas no meu telefone e não tenho saído de casa depois que escurece. O porteiro tem instruções expressas para não deixar ninguém subir, muito menos as domadoras de gatos.

Profissionalmente, o momento não poderia ser melhor para o meu chefe. Tentando apagar da mente o fiasco com Machadov, cumpro a minha pauta e depois fico fazendo o trabalho dos outros. Uma funcionária fracassada no amor, eis o segredo para o enriquecimento dos patrões.

Nesta noite estou deitada no sofá lendo um livro de autoajuda. Nunca tentei, mas chega uma hora na vida em que é preciso ter experiências mais radicais. A campainha da porta toca e desperta os meus piores pesadelos, todos de malha branca e maiô de paetê tamanho XL.

Não podem ser eles, eu pago condomínio em dia para ter segurança vinte e quatro horas. Espio pelo olho mágico, ninguém. Abro uma fresta na porta, nada. Espicho a cabeça para fora tentando ver melhor. Uma mão segura a minha.

– Machadov puede desaparecir no ar. Usted no, pequeña.

10

Se este livro não terminar logo, termino eu numa UTI de cardiologia.

Preciso ser amparada por Machadov para caminhar até o sofá. Não seja infantil, Maria Ana, tenha calma e domine a situação. Mágico era o Mandrake, esse aí não passa de uma mistificação. Está dando certo, se eu continuar repetindo isso para mim mesma, daqui a algumas horas estarei acreditando.

Mando Machadov sentar e inicio uma conversa civilizada com ele.

– Como você conseguiu meu endereço, imitação barata do Mister M?

Ele conta que um dos albinos de armadura anotou a placa do meu carro. Depois foi só pedir a ficha para um dos policiais civis que faz freelance de segurança no circo.

– Que história é essa da Karinov andar seminua na porta do seu trailer, xerox da Maga Patalógica?

Segundo Machadov, a domadora chechena e ele já foram apaixonados, mas hoje são unidos pela fraternidade que faz do circo, no mundo inteiro, uma família só. Agora entendo por que todos vêm lá de onde Genghis Khan perdeu as botas.

– E como eu fui parar na sua cama, clone do David Copperfield?

Machadov confessa que leva sempre uma dose de pó para dormir no fundo falso do anel. Naquela noite ele colocou uma porção insignificante no meu vinho e diz que em muitos anos aplicando este truque nunca viu ninguém pegar no sono como eu. Se o maître não ajudasse a me carregar para o carro, Machadov teria que me deixar dormindo no restaurante mesmo.

– E por que você tirou a minha roupa, cover do Tio Tony?

– Porque jo te quis, muchacha. De la misma fuerma que ainda quiero, corazón.

Eu sei que amanhã ou depois Machadov vai embora e eu, que não tenho a menor vocação para largar tudo e seguir o circo, fico sozinha outra vez. Mas isso só vai doer amanhã, ou depois. E hoje ainda tem uma longa noite pela frente.

11

A temporada foi um sucesso e o circo ficou na cidade muito mais que as seis semanas previstas. Agora chegou o momento de Machadov fazer as malas e continuar a viagem. Estamos perto do gran finale.

Não gosto de despedidas e menos ainda neste caso, onde precisaria dizer adeus para uma troupe inteira. Depois de quatro meses morando no trailer com Machadov, fiquei amiga de todo o elenco. Até Karinov, a domadora chechena que me odiava, acabou gostando tanto de mim que deu meu nome a uma gata que nasceu ontem.

Marianov, a mais nova estrela do circo.

Os caminhões começam a sair e logo resta só o trailer de Machadov. Os albinos vão se revezar na direção para ele chegar descansado à próxima parada.

– ¿Mi linda, confessa ahora: tu me amaste tanto quanto jo te amei?

– Si, Machadov. Eu adorei você.

Ele sobe no trailer. Quem sabe um dia ainda vamos nos encontrar, ele de volta à cidade, eu passando por Santiago da Compostela. Mas antes disso, preciso fazer uma última pergunta.

– Machadov, mi corazón, você é eslavo mesmo?

– Mi rica, tu Machadov es goiano!

12

Fim.

Coleção L&PM POCKET (LANÇAMENTOS MAIS RECENTES)

1066.**Diários de Jack Kerouac – 1947-1954**
1067.**Revolução Francesa – vol. 1** – Max Gallo
1068.**Revolução Francesa – vol. 2** – Max Gallo
1069.**O detetive Parker Pyne** – Agatha Christie
1070.**Memórias do esquecimento** – Flávio Tavares
1071.**Drogas** – Leslie Iversen
1072.**Manual de ecologia (vol.2)** – J. Lutzenberger
1073.**Como andar no labirinto** – Affonso Romano de Sant'Anna
1074.**A orquídea e o serial killer** – Juremir Machado da Silva
1075.**Amor nos tempos de fúria** – Lawrence Ferlinghetti
1076.**A aventura do pudim de Natal** – Agatha Christie
1077.**Maigret no Picratt's** – Simenon
1078.**Amores que matam** – Patricia Faur
1079.**Histórias de pescador** – Mauricio de Sousa
1080.**Pedaços de um caderno manchado de vinho** – Bukowski
1081.**A ferro e fogo: tempo de solidão (vol.1)** – Josué Guimarães
1082.**A ferro e fogo: tempo de guerra (vol.2)** – Josué Guimarães
1083.**Carta a meu juiz** – Simenon
1084(17).**Desembarcando o Alzheimer** – Dr. Fernando Lucchese e Dra. Ana Hartmann
1085.**A maldição do espelho** – Agatha Christie
1086.**Uma breve história da filosofia** – Nigel Warburton
1087.**Uma confidência de Maigret** – Simenon
1088.**Heróis da História** – Will Durant
1089.**Concerto campestre** – L. A. de Assis Brasil
1090.**Morte nas nuvens** – Agatha Christie
1091.**Maigret no tribunal** – Simenon
1092.**Aventura em Bagdá** – Agatha Christie
1093.**O cavalo amarelo** – Agatha Christie
1094.**O método de interpretação dos sonhos** – Freud
1095.**Sonetos de amor e desamor** – Vários
1096.**120 tirinhas do Dilbert** – Scott Adams
1097.**124 fábulas de Esopo**
1098.**O curioso caso de Benjamin Button** – F. Scott Fitzgerald
1099.**Piadas para sempre: uma antologia para morrer de rir** – Visconde da Casa Verde
1100.**Hamlet (Mangá)** – Shakespeare
1101.**A arte da guerra (Mangá)** – Sun Tzu
1102.**Maigret na pensão** – Simenon
1103.**Meu amigo Maigret** – Simenon
1104.**As melhores histórias da Bíblia (vol.1)** – A. S. Franchini e Carmen Seganfredo
1105.**As melhores histórias da Bíblia (vol.2)** – A. S. Franchini e Carmen Seganfredo
1106.**Psicologia das massas e análise do eu** – Freud
1107.**Guerra Civil Espanhola** – Helen Graham
1108.**A autoestrada do sul e outras histórias** – Julio Cortázar
1109.**O mistério dos sete relógios** – Agatha Christie
1110.**Peanuts: Ninguém gosta de mim... (amor)** – Charles Schulz
1111.**Cadê o bolo?** – Mauricio de Sousa
1112.**O filósofo ignorante** – Voltaire
1113.**Totem e tabu** – Freud
1114.**Filosofia pré-socrática** – Catherine Osborne
1115.**Desejo de status** – Alain de Botton
1116.**Maigret e o informante** – Simenon
1117.**Peanuts: 120 tirinhas** – Charles Schulz
1118.**Passageiro para Frankfurt** – Agatha Christie
1119.**Maigret se irrita** – Simenon
1120.**Kill All Enemies** – Melvin Burgess
1121.**A morte da sra. McGinty** – Agatha Christie
1122.**Revolução Russa** – S. A. Smith
1123.**Até você, Capitu?** – Dalton Trevisan
1124.**O grande Gatsby (Mangá)** – F. S. Fitzgerald
1125.**Assim falou Zaratustra (Mangá)** – Nietzsche
1126. **Peanuts: É para isso que servem os amigos (amizade)** – Charles Schulz
1127(27).**Nietzsche** – Dorian Astor
1128.**Bidu: Hora do banho** – Mauricio de Sousa
1129.**O melhor do Macanudo Taurino** – Santiago
1130.**Radicci 30 anos** – Iotti
1131.**Show de sabores** – J.A. Pinheiro Machado
1132.**O prazer das palavras** – vol. 3 – Cláudio Moreno
1133.**Morte na praia** – Agatha Christie
1134.**O fardo** – Agatha Christie
1135.**Manifesto do Partido Comunista (Mangá)** – Marx & Engels
1136.**A metamorfose (Mangá)** – Franz Kafka
1137.**Por que você não se casou... ainda** – Tracy McMillan
1138.**Textos autobiográficos** – Bukowski
1139.**A importância de ser prudente** – Oscar Wilde
1140.**Sobre a vontade na natureza** – Arthur Schopenhauer
1141.**Dilbert (8)** – Scott Adams
1142.**Entre dois amores** – Agatha Christie
1143.**Cipreste triste** – Agatha Christie
1144.**Alguém viu uma assombração?** – Mauricio de Sousa
1145.**Mandela** – Elleke Boehmer
1146.**Retrato do artista quando jovem** – James Joyce
1147.**Zadig ou o destino** – Voltaire
1148.**O contrato social (Mangá)** – J.-J. Rousseau
1149.**Garfield fenomenal** – Jim Davis
1150.**A queda da América** – Allen Ginsberg
1151.**Música na noite & outros ensaios** – Aldous Huxley
1152.**Poesias inéditas & Poemas dramáticos** – Fernando Pessoa
1153.**Peanuts: Felicidade é...** – Charles M. Schulz
1154.**Mate-me por favor** – Legs McNeil e Gillian McCain
1155.**Assassinato no Expresso Oriente** – Agatha Christie
1156.**Um punhado de centeio** – Agatha Christie
1157.**A interpretação dos sonhos (Mangá)** – Freud
1158..**Peanuts: Você não entende o sentido da vida** – Charles M. Schulz
1159.**A dinastia Rothschild** – Herbert R. Lottman
1160.**A Mansão Hollow** – Agatha Christie
1161.**Nas montanhas da loucura** – H.P. Lovecraft
1162(28).**Napoleão Bonaparte** – Pascale Fautrier
1163.**Um corpo na biblioteca** – Agatha Christie